suhrkamp taschenbuch 3367

Hermann Hesses erste, 1902/03 in Calw und Basel geschriebene und im Januar 1904 bei S. Fischer erschienene Erzählung *Peter Camenzind* machte ihren Autor mit einem Schlag berühmt. Dieser in unmittelbarer Nachfolge von Gottfried Kellers *Der grüne Heinrich* stehende »Erziehungsroman« hat mit seinen erfrischenden, allem Pathetischen abholden Naturschilderungen bis heute nichts an Charme und Farbe verloren. Zu den ersten Rezensenten zählten Walther Rathenau und Stefan Zweig. »Ich liebe diese tiefe und mit so wunderbarer Kunst erzählte Geschichte um ihrer Menschlichkeit willen. Es stehen Dinge darin, die ich selbst in meiner Knabenzeit empfunden hatte und wieder verloren ... Und dann die zwei Liebesszenen: die stehen nun wie eigene Geschehnisse in meinem Leben.« Stefan Zweig

Hermann Hesse, am 2. Juli 1877 in Calw geboren, starb am 9. August 1962 in Montagnola bei Lugano. 1946 erhielt er den Nobelpreis für Literatur.

Hermann Hesse
Peter Camenzind

Mit einem Nachwort von
Siegfried Unseld

Suhrkamp

Entstanden 1903. Erste Buchausgabe 1904

suhrkamp taschenbuch 3367
Erste Auflage 2002

Druck: Clausen & Bosse, Leck
Printed in Germany
3-518-39867-9

5 6 – 07 06 05 04 03 02

Peter Camenzind

Erste Buchausgabe Berlin 1904

1

Im Anfang war der Mythus. Wie der große Gott in den Seelen der Inder, Griechen und Germanen dichtete und nach Ausdruck rang, so dichtet er in jedes Kindes Seele täglich wieder.

Wie der See und die Berge und die Bäche meiner Heimat hießen, wußte ich noch nicht. Aber ich sah die blaugrüne glatte Seebreite, mit kleinen Lichtern durchwirkt, in der Sonne liegen und im dichten Kranz um sie die jähen Berge, und in ihren höchsten Ritzen die blanken Schneescharten und kleinen, winzigen Wasserfälle, und an ihrem Fuß die schrägen, lichten Matten, mit Obstbäumen, Hütten und grauen Alpkühen besetzt. Und da meine arme, kleine Seele so leer und still und wartend lag, schrieben die Geister des Sees und der Berge ihre schönen kühnen Taten auf sie. Die starren Wände und Flühen sprachen trotzig und ehrfürchtig von Zeiten, deren Söhne sie sind und deren Wundmale sie tragen. Sie sprachen von damals, da die Erde barst und sich bog und aus ihrem gequälten Leibe in stöhnender Werdenot Gipfel und Grate hervortrieb. Felsberge drängten sich brüllend und krachend empor, bis sie ziellos vergipfelnd knickten, Zwillingsberge rangen in verzweifelter Not um Raum, bis einer siegte und stieg und den Bruder beiseite warf und zerbrach. Noch immer hingen von jenen Zeiten her da und dort hoch in den Schlüften abgebrochene Gipfel, weggedrängte und gespaltene Felsen, und in jeder Schneeschmelze führte der Wassersturz hausgroße Blöcke nieder, zersplitterte sie wie Glas oder rannte sie mit mächtigem Schlage tief in weiche Matten ein.

Sie sagten immer dasselbe, diese Felsberge. Und es war leicht, sie zu verstehen, wenn man ihre jähen Wände sah, Schicht um Schicht geknickt, verbogen, geborsten, jede voll von klaffenden Wunden. »Wir haben Schauerliches gelitten«, sagten sie, »und wir leiden noch.« Aber sie sagten es stolz, streng und verbissen, wie alte unverwüstliche Kriegsleute.

Jawohl, Kriegsleute. Ich sah sie kämpfen, mit Wasser und Sturm, in den schauerlichen Vorfrühlingsnächten, wenn der erbitterte Föhn um ihre alten Häupter brüllte und wenn die Bachstürze frische, rohe Stücke aus ihren Flanken rissen. Sie standen mit trotzig gehemmten Wurzeln in diesen Nächten, finster, atemlos und verbissen, streckten dem Sturm die zerspaltenen Wetterwände und Hörner entgegen und spannten alle Kraft in trotzig geduckter Sammlung zusammen. Und bei jeder Wunde ließen sie das grausige Rollen der Wut und Angst vernehmen, und durch alle fernsten Rüfenen klang gebrochen und zornig ihr schreckliches Stöhnen wider.

Und ich sah Matten und Hänge und erdige Felsritzen mit Gräsern, Blumen, Farnen und Moosen bedeckt, denen die alte Volkssprache merkwürdige, ahnungsvolle Namen gegeben hatte. Sie lebten, Kinder und Enkel der Berge, farbig und harmlos an ihren Stätten. Ich befühlte sie, betrachtete sie, roch ihren Duft und lernte ihre Namen. Ernster und tiefer berührte mich der Anblick der Bäume. Ich sah jeden von ihnen sein abgesondertes Leben führen, seine besondere Form und Krone bilden und seinen eigenartigen Schatten werfen. Sie schienen mir, als Einsiedler und Kämpfer, den Bergen näher verwandt, denn jeder von ihnen, zumal die höher am Berge stehenden, hatte seinen stillen zähen Kampf um Bestand und Wachstum, mit Wind, Wetter und Gestein. Jeder hatte seine Last zu tragen und sich festzuklammern, und davon trug jeder seine eigene Gestalt und besondere Wunden. Es gab Föhren, denen der Sturm nur auf einer einzigen Seite Äste zu haben erlaubte, und solche, deren rote Stämme sich wie Schlangen um überhängende Felsen gebogen hatten, so daß Baum und Fels eins das andere an sich drückte und erhielt. Sie sahen mich wie kriegerische Männer an und erweckten Scheu und Ehrfurcht in meinem Herzen.

Unsere Männer und Frauen aber glichen ihnen, waren

hart, streng gefaltet und wenig redend, die besten am wenigsten. Daher lernte ich, die Menschen gleich Bäumen oder Felsen anzuschauen, mir Gedanken über sie zu machen und sie nicht weniger zu ehren und nicht mehr zu lieben als die stillen Föhren.

Unser Dörflein Nimikon liegt auf einer dreieckigen, zwischen zwei Bergvorsprünge geklemmten schrägen Fläche am See. Ein Weg führt nach dem nahen Kloster, ein zweiter nach dem viereinhalb Stunden entfernten Nachbarort, die übrigen am See gelegenen Dörfer erreicht man zu Wasser. Unsere Häuser sind im alten Holzstil erbaut und haben kein bestimmtes Alter, es kommen fast niemals Neubauten vor, und die alten Häuslein werden je nach Bedürfnis stückweise repariert, dies Jahr die Diele, ein andermal ein Stück am Dach, und mancher halbe Balken und manche Latte, die früher einmal etwa zur Stubenwand gehört haben, findet man jetzt als Sparren im Dach, und wenn sie auch dazu nimmer dienen und doch noch zu gut zum Verbrennen sind, so kommen sie das nächste Mal beim Flicken des Stalls oder Heubodens oder als Querlatte an der Haustüre zur Verwendung. Ähnlich ist es mit den darin Wohnenden selber; jeder spielt solang er kann seine Rolle mit, tritt dann zögernd in den Kreis der Unbrauchbaren und taucht schließlich ins Dunkel unter, ohne daß viel Aufsehens davon gemacht würde. Wer nach jahrelanger Fremde zu uns heimkehrt, findet nichts verändert, als daß ein paar alte Dächer erneuert und ein paar neuere alt geworden sind; die Greise von ehemals sind zwar dahin, aber es sind andere Greise da, welche die gleichen Hütten bewohnen, die gleichen Namen tragen, dasselbe dunkelhaarige Kindervolk bewachen und an Gesicht und Gebaren sich von den indessen Weggestorbenen kaum unterscheiden.

Unsrer Gemeinde mangelte eine häufigere Zufuhr frischen Blutes und Lebens von außen her. Die Bewohner, ein leidlich rüstiges Geschlecht, sind fast alle untereinander aufs engste verschwägert, und reichlich drei Viertel tragen den Namen Camenzind. Er füllt die Seiten des Kirchenbuchs und steht auf den Kirchhofkreuzen, prangt an den Häusern in Ölfarbe oder in derber Schnitzarbeit und ist auf den Wagen des Fuhrhalters, auf den Stalleimern und auf den Seeboten zu lesen. Auch über meines Vaters Haustür stand gemalt: »Dieses Haus haben gebauen Jost und Franziska Camenzind«, doch ging das nicht meinen Vater, sondern dessen Ahn, meinen Urgroßvater an; und wenn ich auch vermutlich einmal sterben werde, ohne Kinder dazulassen, so weiß ich doch, daß wieder ein Camenzind das alte Nest besiedeln wird, wenn anders es bis dorthin noch steht und ein Dach überhat.

Ungeachtet der scheinbaren Frömmigkeit gab es dennoch in unserer Bürgerschaft Böse und Gute, Vornehme und Geringe, Mächtige und Niedrige und neben manchen Klugen eine ergötzliche kleine Sammlung von Narren, die Kretins gar nicht mitgerechnet. Es war wie überall ein kleines Abbild der großen Welt, und da Große und Kleine, Schlaumeier und Narren unlöslich untereinander verwandt und vervettert waren, traten sich strenger Hochmut und bornierter Leichtsinn oft genug unter demselben Dach auf die Zehen, so daß unser Leben für die Tiefe und Komik des Menschlichen hinreichenden Raum bot. Nur lag ein ewiger Schleier von verheimlichter oder unbewußter Bedrücktheit darüber. Das Abhängigsein von den Naturmächten und die Kümmerlichkeit eines arbeitsvollen Daseins hatten im Verlauf der Zeiten unsrem ohnehin alternden Geschlecht eine Neigung zum Tiefsinn eingegeben, der zu den scharfen, schroffen Gesichtern zwar nicht übel paßte, sonst aber keinerlei Früchte zeitigte, wenigstens keine erfreulichen. Eben darum war man froh an den paar Narren, welche zwar noch still und ernsthaft genug waren, aber doch einige Farbe und einige Gelegenheit zu Gelächter und Spott hereinbrachten. Wenn einer von ihnen durch einen neuen Streich von sich reden machte, ging ein frohes Wetterleuchten über die faltigen, braunen Gesichter der Söhne Nimikons, und zur Lust am Spaße selber kam noch als feine pharisäische Würze der Genuß der eigenen Überlegenheit, welche vor Vergnügen schnalzte im Gefühl, vor solchen Irrungen oder Fehltritten sicher zu sein. Zu jenen Vielen, die in der Mitte zwischen Gerechten und Sündern standen und von beiden gern das Annehmliche mitgenossen hätten, gehörte auch mein Vater. Es wurde kein Narrenstreich reif, der ihn nicht mit seliger Unruhe erfüllt hätte, und er schwankte alsdann zwischen der teilnehmenden Bewunderung für den Anstifter und dem feisten Bewußtsein der eigenen Makellosigkeit possierlich hin und wider.

Zu den Narren selbst gehörte mein Oheim Konrad, ohne daß er deshalb etwa meinem Vater und anderen Helden an Verstand etwas nachgegeben hätte. Vielmehr war er ein Schlaukopf und ward von einem ruhelosen Erfindungsgeist umgetrieben, um den die andern ihn ruhig hätten beneiden dürfen. Aber freilich glückte ihm nichts. Daß er, statt darüber den Kopf hängen zu lassen und tatlos tiefsinnig zu werden, immer wieder Neues begann und dabei ein merkwürdig lebhaftes Gefühl für das Tragikomische seiner eigenen Unternehmungen hatte, war gewiß ein Vorzug, wurde ihm aber als lächerliche Sonderbarkeit angeschrieben, kraft welcher man ihn zu den unbesoldeten Hanswürsten der Gemeinde zählte. Meines Vaters Verhältnis zu ihm war ein dauerndes Hin und Her zwischen Bewunderung und Verachtung. Jedes neue Projekt seines Schwagers versetzte ihn in eine gewaltige Neugierde und Aufregung, die er vergebens hinter lauernd ironischen Fragen und Anspielungen zu verstecken trachtete. Wenn dann der Oheim seines Erfolges sicher zu sein glaubte und den Großartigen zu spielen begann, ließ er sich jedesmal hinreißen und schloß sich dem Genialen in spekulierender Brüderlichkeit an, bis der unvermeidliche Mißerfolg da war, über den der Oheim die Achseln zuckte, während der Vater im Zorn ihn mit Hohn und Beleidigung übergoß und monatelang keines Blickes und Wortes mehr würdigte.

Konrad war es, dem unser Dorf den ersten Anblick eines Segelbootes verdankte, und meines Vaters Nachen hat dazu herhalten müssen. Das Segel- und Seilwerk war vom Oheim nach Kalenderholzschnitten sauber ausgeführt, und daß unser Schifflein für ein Segelboot zu schmal gebaut war, ist am Ende nicht Konrads Schuld gewesen. Die Vorbereitungen dauerten wochenlang, mein Vater wurde vor Spannung, Hoffnung und Angst schier zu Quecksilber, und auch das übrige Dorf sprach von nichts soviel wie von Konrad Camenzinds neuestem Vorhaben. Es war ein denkwürdiger Tag für uns, als das Boot an einem windigen Spätsommermorgen zum erstenmal in See gehen sollte. Mein Vater, in scheuer Ahnung einer möglichen Katastrophe, hielt sich fern und hatte auch mir zu meiner großen Betrübnis das Mitfahren verboten. Der Sohn des Bäckers Füßli begleitete den Segelkünstler allein. Aber das ganze Dorf stand auf unserem Kiesplatz und in dem Gärtchen und wohnte dem unerhörten Spektakel bei. Seeabwärts blies ein flotter Ostwind. Zu Anfang mußte der Beck rudern, bis das Boot in die Brise geriet, sein Segel blähte und stolz davonjagte. Wir sahen es bewundernd um den nächsten Bergvorsprung entschwinden und richteten uns darauf ein, den schlauen Oheim bei seiner Heimkehr als Sieger zu begrüßen und uns unserer höhnischen Aftergedanken zu schämen. Als jedoch in der Nacht das Boot zurückkehrte, hatte es keine Segel mehr, die Schiffer waren mehr tot als lebendig, und der Bäckerssohn hustete und meinte: »Ihr seid um ein Hauptvergnügen gekommen, leichtlich hätte es auf den Sonntag zwei Leichenschmäuse geben können.« Mein Vater mußte zwei neue Planken in den Nachen basteln, und seither hat sich nie wieder ein Segel in der blauen Fläche gespiegelt. Dem Konrad rief man noch lange, sooft er irgend etwas eilig hatte, nach: »Mußt Segel nehmen, Konrad!« Mein Vater fraß den Ärger in sich hinein, und lange Zeit, sooft der arme Schwager ihm begegnete, sah er beiseite und spuckte in großem Bogen aus, zum Zeichen unaussprechlicher Verachtung. Das dauerte so lang, bis Konrad eines Tages mit seinem feuersicheren Backofenprojekt bei ihm vorsprach, welches dem Erfinder unendlichen Spott auf den Hals brachte und meinen Vater auf vier bare Taler zu stehen kam. Wehe dem, der ihn an diese Viertalergeschichte zu erinnern wagte! Lange später, als einmal wieder Not im Hause war, sagte die Mutter einmal so beiläufig, es wäre doch gut, wenn jetzt das sündlich verdubelte Geld noch da wäre. Der Vater wurde dunkelrot bis an den Hals, aber er bezwang sich und sagte nur: »Ich wollt, ich hätt es an einem einzigen Sonntag versoffen.«

Am Ende jedes Winters kam der Föhn mit seinem tieftönigen Gebrause, das der Älpler mit Zittern und Entsetzen hört und nach welchem er in der Fremde mit verzehrendem Heimweh dürstet.

Wenn der Föhn nahe ist, spüren ihn viele Stunden voraus Männer und Weiber, Berge, Wild und Vieh. Sein Kommen, welchem fast immer kühle Gegenwinde vorausgehen, verkündigt ein warmes, tiefes Sausen. Der blaugrüne See wird in ein paar Augenblicken tinteschwarz und setzt plötzlich hastige, weiße Schaumkronen auf. Und bald darauf donnert er, der noch vor Minuten unhörbar friedlich lag, mit erbitterter Brandung wie ein Meer ans Ufer. Zugleich rückt die ganze Landschaft ängstlich nah zusammen. Auf Gipfeln, die sonst in entrückter Ferne brüteten, kann man jetzt die Felsen zählen, und von Dörfern, die sonst nur als braune Flecken im Weiten lagen, unterscheidet man jetzt Dächer, Giebel und Fenster. Alles rückt zusammen, Berge, Matten und Häuser, wie eine furchtsame Herde. Und dann beginnt das grollende Sausen, das Zittern im Boden. Aufgepeitschte Seewellen werden streckenweit wie Rauch durch die Luft dahingetrieben, und fortwährend, zumal in den Nächten, hört man den verzweifelten Kampf des Sturmes mit den Bergen. Eine kleine Zeit später redet sich dann die Nachricht von verschütteten Bächen, zerschlagenen Häusern, zerbrochenen Kähnen und vermißten Vätern und Brüdern durch die Dörfer.

In Kinderzeiten fürchtete ich den Föhn und haßte ihn sogar. Mit dem Erwachen der Knabenwildheit aber bekam ich ihn lieb, den Empörer, den Ewigjungen, den frechen Streiter und Bringer des Frühlings. Es war so herrlich, wie er voll Leben, Überschwang und Hoffnung seinen wilden Kampf begann, stürmend, lachend und stöhnend, wie er heulend durch die Schluchten hetzte, den Schnee von den Bergen fraß und die zähen alten Föhren mit rauhen Händen bog und zum Seufzen brachte. Später vertiefte ich meine Liebe und begrüßte nun im Föhn den süßen, schönen, allzu reichen Süden, welchem immer wieder Ströme von Lust, Wärme und Schönheit entquellen, um sich an den Bergen zu zersprengen und endlich im flachen, kühlen Norden ermüdet zu verbluten. Es gibt nichts Seltsameres und Köstlicheres als das süße Föhnfieber, das in der Föhnzeit die Menschen der Bergländer und namentlich die Frauen überfällt, den Schlaf raubt und alle Sinne streichelnd reizt. Das ist der Süden, der sich dem spröden, ärmeren Norden immer wieder stürmisch und lodernd an die Brust wirft und den verschneiten Alpendörfern verkündigt, daß jetzt an den nahen purpurnen Seen Welschlands schon wieder Primeln, Narzissen und Mandelzweige blühen.

Alsdann, wenn der Föhn verblasen hat und die letzten schmutzigen Lawinen zerlaufen sind, dann kommt das Schönste. Dann recken sich berghinan auf allen Seiten die beblümten gelblichen Matten, rein und selig stehen die Schneegipfel und Gletscher in ihren Höhen, und der See wird blau und warm und spiegelt Sonne und Wolkenzüge wider.

Alles dieses kann schon eine Kindheit und zur Not auch ein Leben erfüllen. Denn alles dieses redet laut und ungebrochen die Sprache Gottes, wie sie nie über eines Menschen Lippen kam. Wer sie so in seiner Kindheit vernommen hat, dem tönt sie sein Leben lang nach, süß und stark und furchtbar, und ihrem Bann entflieht er nie. Wenn einer in den Bergen heimisch ist, der kann jahrelang Philosophie oder historia naturalis studieren und mit dem alten Herrgott aufräumen – wenn er den Föhn wieder einmal spürt oder hört eine Laue durchs Holz brechen, so zittert ihm das Herz in der Brust, und er denkt an Gott und ans Sterben.

An meines Vaters Häuschen grenzte ein umzäunter, winziger Garten. Es gedieh dort ein herber Salat, Rüben und Kohl; außerdem hatte die Mutter eine rührend schmale, dürftige

Rabatte für Blumen angelegt, in welcher zwei Monatsrosenstöcke, ein Georginenbusch und eine Handvoll Reseden hoffnungslos und kümmerlich verschmachteten. An den Garten stieß ein noch kleinerer, kiesiger Platz, welcher bis zum See reichte. Dort standen zwei beschädigte Fässer, einige Bretter und Pfähle, und unten im Wasser lag unser Weidling angebunden, welcher damals noch alle paar Jahre neu geflickt und geteert wurde. Die Tage, an denen dies geschah, sind mir fest im Gedächtnis geblieben. Es waren warme Nachmittage im Vorsommer, über dem Gärtchen taumelten die schwefelgelben Zitronenfalter in der Sonne, der See war ölglatt, blau und still und leise schillernd, die Berggipfel dünn umdünstet, und auf dem kleinen Kiesplatz roch es gewaltig nach Pech und Ölfarbe. Auch nachher duftete der Nachen noch den ganzen Sommer hindurch nach Teer. Sooft ich, viele Jahre später, irgendwo am Meere den eigentümlich aus Wassergeruch und Teerbrodem gemischten Duft in die Nase bekam, trat mir sogleich unser Seeplätzlein vors Auge, und ich sah wieder den Vater in Hemdärmeln mit dem Pinsel hantieren, sah die bläulichen Wölkchen aus seiner Pfeife in die stillen Sommerlüfte steigen und die blitzgelben Falter ihre unsicheren, scheuen Flüge tun. An solchen Tagen zeigte mein Vater eine ungewöhnlich behagliche Laune, pfiff Triller, was er vortrefflich konnte, und gab vielleicht sogar einen einzelnen, kurzen Jodler von sich, diesen jedoch nur halb laut. Die Mutter kochte alsdann etwas Gutes auf den Abend, und ich denke mir jetzt, sie tat es in der stillen Hoffnung, Camenzind möchte diesen Abend nicht ins Wirtshaus gehen. Er ging aber doch.

Daß die Eltern die Entwicklung meines jungen Gemütes sonderlich gefördert oder gestört hätten, kann ich nicht sagen. Die Mutter hatte immer beide Hände voll Arbeit, und mein Vater hatte sich gewiß mit nichts auf der Welt so wenig beschäftigt als mit Erziehungsfragen. Er hatte genug zu tun, seine paar Obstbäume kümmerlich im Stand zu halten, das Kartoffeläckerlein zu bestellen und nach dem Heu zu sehen.

Ungefähr alle paar Wochen aber nahm er mich abends, ehe er ausging, bei der Hand und verschwand stillschweigend mit mir auf dem über dem Stall gelegenen Heuboden. Dort vollzog sich alsdann ein seltsamer Straf- und Sühneakt: ich bekam eine Tracht Prügel, ohne daß der Vater oder ich selbst genauer gewußt hätte, wofür. Es waren stille Opfer am Altar der Nemesis, und sie wurden ohne Schelten seinerseits oder Geschrei meinerseits dargebracht als schuldiger Tribut an eine geheimnisvolle Macht. Immer, wenn ich in späteren Jahren einmal vom »blinden« Schicksal reden hörte, fielen diese mysteriösen Szenen mir wieder ein und schienen mir eine überaus plastische Darstellung jenes Begriffs zu sein. Ohne es zu wissen, befolgte mein guter Vater dabei die schlichte Pädagogik, die das Leben selbst an uns zu üben pflegt, indem es uns hie und da aus heiteren Lüften ein Donnerwetter sendet, wobei es uns überlassen bleibt, nachzusinnen, durch was für Missetaten wir eigentlich die oberen Mächte herausgefordert haben. Leider stellte dies Nachsinnen bei mir sich nie oder nur selten ein, vielmehr nahm ich jene ratenweise Züchtigung ohne die wünschenswerte Selbstprüfung gelassen oder auch trotzig hin und freute mich an solchen Abenden stets, nun wieder meinen Zoll entrichtet und ein paar Wochen Strafpause vor mir zu haben. Viel selbständiger trat ich den Versuchen meines Alten, mich zur Arbeit anzuleiten, entgegen. Die unbegreifliche und verschwenderische Natur hatte in mir zwei widerstrebende Gaben vereinigt: eine ungewöhnliche Körperkraft und eine leider nicht geringere Arbeitsscheu. Der Vater gab sich alle Mühe, einen brauchbaren Sohn und Mithelfer aus mir zu machen, ich aber drückte mich mit allen Schikanen um die mir auferlegten Arbeiten, und noch als Gymnasiast hatte ich für keinen der antiken Heroen so viel Mitgefühl wie für Herakles, da er zu jenen berühmten, lästigen Arbeiten gezwungen ward. Einstweilen kannte ich nichts Schöneres, als mich auf Felsen und Matten oder am Wasser müßiggängerisch herumzutreiben.

Berge, See, Sturm und Sonne waren meine Freunde, erzählten mir und erzogen mich und waren mir lange Zeit lieber und bekannter als irgend Menschen und Menschenschicksale. Meine Lieblinge aber, die ich dem glänzenden See und den traurigen Föhren und sonnigen Felsen vorzog, waren die Wolken.

Zeigt mir in der weiten Welt den Mann, der die Wolken besser kennt und mehr lieb hat als ich! Oder zeigt mir das Ding in der Welt, das schöner ist als Wolken sind! Sie sind Spiel und Augentrost, sie sind Segen und Gottesgabe, sie sind Zorn und Todesmacht. Sie sind zart, weich und friedlich wie die Seelen von Neugeborenen, sie sind schön, reich und spendend wie gute Engel, sie sind dunkel, unentrinnbar und schonungslos wie die Sendboten des Todes. Sie schweben silbern in dünner Schicht, sie segeln lachend weiß mit goldenem Rand, sie stehen rastend in gelben, roten und bläulichen Farben. Sie schleichen finster und langsam wie Mörder, sie jagen sausend kopfüber wie rasende Reiter, sie hängen traurig und träumend in bleichen Höhen wie schwermütige Einsiedler. Sie haben die Formen von seligen Inseln und die Formen von segnenden Engeln, sie gleichen drohenden Händen, flatternden Segeln, wandernden Kranichen. Sie schweben zwischen Gottes Himmel und der armen Erde als schöne Gleichnisse aller Menschensehnsucht, beiden angehörig – Träume der Erde, in welchen sie ihre befleckte Seele an den reinen Himmel schmiegt. Sie sind das ewige Sinnbild alles Wanderns, alles Suchens, Verlangens und Heimbegehrens. Und so, wie sie zwischen Erde und Himmel zag und sehnend und trotzig hängen, so hängen zag und sehnend und trotzig die Seelen der Menschen zwischen Zeit und Ewigkeit.

Oh, die Wolken, die schönen, schwebenden, rastlosen! Ich war ein unwissendes Kind und liebte sie, schaute sie an und wußte nicht, daß auch ich als eine Wolke durchs Leben gehen würde – wandernd, überall fremd, schwebend zwischen Zeit und Ewigkeit. Von Kinderzeiten her sind sie mir liebe Freundinnen und Schwestern gewesen. Ich kann nicht über die

Gasse gehen, so nicken wir einander zu, grüßen uns und verweilen einen Augenblick Aug' in Auge. Auch vergaß ich nicht, was ich damals von ihnen lernte: ihre Formen, ihre Farben, ihre Züge, ihre Spiele, Reigen, Tänze und Rasten, und ihre seltsam irdisch-himmlischen Geschichten.

Namentlich die Geschichte der Schneeprinzessin. Ihr Schauplatz ist das mittlere Gebirge, im Vorwinter, bei warmem Unterwind. Die Schneeprinzessin erscheint mit kleinem Gefolge, aus gewaltiger Höhe kommend, und sucht sich einen Rastort in weiten Bergmulden oder auf einer breiten Kuppe aus. Neidisch sieht die falsche Bise die Arglose sich lagern, leckt heimlich gierend am Berg empor und überfällt sie plötzlich wütend und tosend. Sie wirft der schönen Prinzessin zerfetzte schwarze Wolkenlappen entgegen, höhnt sie, krakeelt sie an, möchte sie verjagen. Eine Weile ist die Prinzessin unruhig, wartet, duldet, und manchmal steigt sie kopfschüttelnd, leise und höhnisch wieder in ihre Höhe zurück. Manchmal aber sammelt sie plötzlich ihre geängsteten Freundinnen um sich her, enthüllt ihr blendend fürstliches Angesicht und weist den Kobold mit kühler Hand zurück. Er zaudert, heult, flieht. Und sie lagert sich still, hüllt ihren Sitz weitum in blassen Nebel, und wenn der Nebel sich verzogen hat, liegen Mulden und Kuppen klar und glänzend mit reinem, weichem Neuschnee bedeckt.

In dieser Geschichte war so etwas Nobles, etwas von Seele und Triumph der Schönheit, das mich entzückte und mein kleines Herz wie ein frohes Geheimnis bewegte.

Bald kam auch die Zeit, daß ich mich den Wolken nähern, zwischen sie treten und manche aus ihrer Schar von oben betrachten durfte. Ich war zehn Jahre alt, als ich den ersten Gipfel erstieg, den Sennalpstock, an dessen Fuß unser Dörflein Nimikon liegt. Da sah ich denn zum erstenmal die Schrecken und die Schönheiten der Berge. Tiefgerissene Schluchten, voll von Eis und Schneewasser, grüngläserne Gletscher, scheußliche Moränen, und über allem wie eine Glocke hoch und rund der Himmel. Wenn einer zehn Jahre lang zwischen

Berg und See geklemmt gelebt hat und rings von nahen Höhen eng umdrängt war, dann vergißt er den Tag nicht, an dem zum erstenmal ein großer, breiter Himmel über ihm und vor ihm ein unbegrenzter Horizont lag. Schon beim Aufstieg war ich erstaunt, die mir von unten her wohlbekannten Schroffen und Felswände so überwältigend groß zu finden. Und nun sah ich, vom Augenblick ganz bezwungen, mit Angst und Jubel plötzlich die ungeheure Weite auf mich hereindringen. So fabelhaft groß war also die Welt! Unser ganzes Dorf, tief unten verloren liegend, war nur noch ein kleiner heller Fleck. Gipfel, die man vom Tale aus für eng benachbart hielt, lagen viele Stunden weit auseinander.

Da fing ich an zu ahnen, daß ich nur erst ein schmales Blinzeln, noch kein gediegenes Schauen von der Welt gehabt hatte und daß da draußen Berge stehen und fallen und große Dinge geschehen konnten, von denen auch nicht die leiseste Kunde je in unser abgetrenntes Bergloch kam. Zugleich aber zitterte etwas in mir gleich dem Zeiger des Kompasses mit unbewußtem Streben mächtig jener großen Ferne entgegen. Und nun verstand ich auch die Schönheit und Schwermut der Wolken erst ganz, da ich sah, in was für endlose Fernen sie wanderten.

Meine beiden erwachsenen Begleiter lobten mein gutes Steigen, rasteten ein wenig auf der eiskalten Kuppe und lachten über meine fassungslose Freude. Ich aber, nachdem ich mit dem ersten großen Staunen fertig war, brüllte vor Lust und Erregung laut wie ein Stier in die klaren Lüfte hinaus. Das war mein erstes, unartikuliertes Lied an die Schönheit. Ich war auf einen dröhnenden Widerhall gefaßt, aber mein Geschrei verklang in die ruhigen Höhen spurlos wie ein schwacher Vogelpfiff. Da war ich sehr beschämt und hielt mich still.

Dieser Tag hatte irgendein Eis in meinem Leben gebrochen. Denn nun kam ein Ereignis um das andere. Zunächst nahm man mich des öfteren auf Bergfahrten mit, auch auf schwierigere, und ich drang mit sonderbar beklommener

Wollust in die großen Geheimnisse der Höhen ein. Darauf ward ich zum Geißhirten ernannt. An einer von den Halden, wohin ich gewöhnlich meine Tiere trieb, gab es einen windgeschützten Winkel, von kobaltblauem Enzian und hellrotem Steinbrech überwuchert, das war mir der liebste Platz in der Welt. Das Dorf war von dort aus unsichtbar, und auch vom See war nur über Felsen weg ein schmaler, blanker Streifen zu erblicken, dafür brannten die Blumen in lachend frischen Farben, der blaue Himmel lag wie ein Zeltdach auf den spitzigen Schneegipfeln, und neben dem feinen Geläut der Ziegenglocken tönte ununterbrochen der nicht weit entfernte Wasserfall. Dort lag ich in der Wärme, staunte den weißen Wölklein nach und jodelte halblaut vor mich hin, bis die Geißen meine Trägheit bemerkten und sich allerlei verbotene Streiche und Lustbarkeiten leisten wollten. Es gab dabei gleich in den ersten Wochen einen herben Riß in meine Phäakenherrlichkeit, als ich mit einer verlaufenen Geiß zusammen in eine Klamm abstürzte. Die Geiß war tot, und mir tat der Schädel weh, außerdem ward ich jämmerlich geprügelt, lief meinen Alten davon und ward unter Beschwörungen und Wehklagen wieder eingebracht.

Leichtlich hätten diese Abenteuer meine ersten und letzten sein können. Dann wäre dies Büchlein ungeschrieben und manche andere Mühe und Torheit ungeschehen geblieben. Ich hätte vermutlich irgendeine Base geheiratet oder läge vielleicht auch irgendwo beiseit ins Gletscherwasser gefroren. Es wäre auch nicht übel. Aber alles kam anders, und es steht mir nicht zu, das Geschehene mit Ungeschehenem zu vergleichen.

Mein Vater tat jeweils ein wenig kleinen Dienst im Welsdörfer Kloster. Nun war er einstmals krank und befahl mir, ihn dort abzusagen. Das tat ich indessen nicht, sondern entlehnte beim Nachbar Papier und Feder und schrieb einen manierlichen Brief an die Klosterbrüder, gab den der Botenfrau und ging auf eigene Faust in den Berg.

Nächste Woche komme ich eines Tags nach Hause, da sitzt

ein Pater und wartet auf denjenigen, der den schönen Brief geschrieben hat. Mir ward etwas bänglich, aber er lobte mich und suchte meinen Alten zu bereden, daß er mich bei ihm lernen lasse. Der Oheim Konrad war dazumal gerade wieder in Gunst und wurde befragt. Natürlich war er sofort dafür entflammt, daß ich lernen und später studieren und ein Gelehrter und Herr werden müsse. Der Vater ließ sich überzeugen, und so gehörte nun auch meine Zukunft zu den gefährlichen Oheimsprojekten, gleich dem feuersicheren Backofen, dem Segelschiff und den vielen ähnlichen Phantastereien.

Es ging sogleich an ein gewaltiges Lernen, zumal in Lateinisch, biblischer Geschichte, Botanik und Geographie. Mir machte das alles vielen Spaß, und ich dachte nicht daran, daß das welsche Zeug mich vielleicht Heimat und schöne Jahre kosten könne. Das Lateinische allein tat's auch nicht. Mein Vater hätte mich zum Bauer gemacht, wenn ich auch die ganzen viri illustres vorwärts und rückwärts auswendig gekonnt hätte. Aber der kluge Mann hatte mir auf den Grund meines Wesens gesehen, wo als Schwerpunkt und Kardinaluntugend meine unbesiegbare Trägheit hauste. Ich entrann, wo es nur gehen wollte, der Arbeit und lief statt dessen den Bergen oder dem See nach oder lag seitwärts versteckt an der Halde, las, träumte und faulenzte. In dieser Erkenntnis gab er mich schließlich weg.

Dies ist eine Gelegenheit, ein kurzes Wort über meine Eltern zu sagen. Die Mutter war ehedem schön gewesen, davon war aber nur der feste, grade Wuchs und die anmutigen, dunklen Augen übriggeblieben. Sie war groß, überaus kräftig, fleißig und still. Obwohl sie reichlich so klug wie der Vater und an Körperkraft ihm überlegen war, herrschte sie doch nicht im Hause, sondern ließ das Regiment ihrem Manne. Er war mittelgroß, hatte dünne und fast zarte Glieder und einen hartnäckigen, schlauen Kopf mit einem Gesicht, das von heller Farbe und ganz voll von kleinen, ungemein beweglichen Falten war. Dazu kam eine kurze, senkrechte Stirnfalte. Sie verdunkelte sich, sooft er die Brauen bewegte, und gab ihm ein grämlich leidendes Aussehen; es schien dann, als versuche er sich auf etwas sehr Wichtiges zu besinnen und sei selber ohne Hoffnung, je darauf zu kommen. Man hätte eine gewisse Melancholie an ihm wahrnehmen können, aber niemand achtete darauf, denn die Bewohner unsrer Gegend sind fast alle von einer stetigen, leichten Trübe des Gemüts befangen, dessen Ursache die langen Winter, die Gefahren, das mühselige Sichdurchschlagen und die Abgeschlossenheit vom Weltleben sind.

Von beiden Eltern habe ich wichtige Stücke meines Wesens übernommen. Von der Mutter eine bescheidene Lebensklugheit, ein Stück Gottvertrauen und ein stilles, wenig redendes Wesen. Vom Vater hingegen eine Ängstlichkeit vor festen Entschließungen, die Unfähigkeit, mit Geld zu wirtschaften, und die Kunst, viel und mit Überlegung zu trinken. Letzteres zeigte sich aber an mir in jenem zarten Alter noch nicht. Äußerlich hab ich vom Vater die Augen und den Mund, von der Mutter den schweren, dauerhaften Gang und Körperbau und die zähe Muskelkraft. Vom Vater und von unserer Rasse überhaupt bekam ich ins Leben zwar einen bauernschlauen Verstand, aber auch das trübe Wesen und den Hang zu grundloser Schwermut mit. Da mir bestimmt war, mich lange außerhalb der Heimat bei Fremden herumzuschlagen, wäre es schon besser gewesen, statt dessen einige Beweglichkeit und etlichen frohen Leichtsinn mitzubringen.

So ausgestattet und mit einem neuen Kleide versorgt trat ich die Reise ins Leben an. Die elterlichen Gaben haben sich bewährt, denn ich ging und stand in der Welt seither auf eigenen Füßen. Dennoch muß irgend etwas gefehlt haben, das auch die Wissenschaft und das Weltleben mir nimmer einbrachte. Denn ich kann heute noch wie je einen Berg zwingen, zehn Stunden marschieren oder rudern und nötigenfalls einen Mann freihändig erschlagen, zum Lebenskünstler aber fehlt mir heute noch soviel wie damals. Der frühe einseitige Umgang mit der Erde und ihren Pflanzen und Tieren hatte wenig soziale Fähigkeiten in mir aufkommen lassen, und noch jetzt sind meine Träume ein merkwürdiger Beweis dafür, wie sehr ich leider einem rein animalischen Leben zuneige. Ich träume nämlich sehr oft, ich liege am Meeresstrand als Tier, zumeist als Seehund, und empfinde dabei ein so gewaltiges Wohlbehagen, daß ich beim Erwachen den Wiederbesitz meiner Menschenwürde keineswegs freudig oder mit Stolz, sondern lediglich mit Bedauern wahrnehme.

Ich ward in üblicher Weise mit Freiplatz und Freitisch an einem Gymnasium erzogen und war zum Philologen bestimmt. Niemand weiß, warum. Es gibt kein unnützeres und langweiligeres Fach und keines, das mir ferner lag.

Die Schülerjahre gingen mir rasch dahin. Zwischen Balgereien und Schule kamen Stunden voll Heimweh, Stunden voll frecher Zukunftsträume, Stunden voll ehrfürchtiger Anbetung der Wissenschaft. Zwischenein trat auch hier meine angeborene Trägheit hervor, trug mir allerlei Ärger und Strafen ein und wich dann irgendeinem neuen Enthusiasmus.

»Peter Camenzind«, sprach mein Griechischlehrer, »du bist ein Trotzkopf und Einspänner und wirst dir noch einmal den harten Schädel einrennen.« Ich betrachtete den feisten Brillenträger, hörte seine Rede an und fand ihn komisch.

»Peter Camenzind«, sprach der Mathematiklehrer, »du bist ein Genie im Faulenzen, und ich bedaure, daß es kein niedrigeres Zeugnis gibt als Null. Ich schätze deine heutige Leistung auf minus zweieinhalb.« Ich sah ihn an, bedauerte ihn, da er schielte, und fand ihn sehr langweilig.

»Peter Camenzind«, sagte einmal der Geschichtsprofessor, »du bist kein guter Schüler, aber du wirst trotzdem einmal ein guter Historiker werden. Du bist faul, aber du weißt Großes und Kleines zu unterscheiden.«

Auch das war mir nicht extra wichtig. Dennoch hatte ich vor den Lehrern Respekt, denn ich dachte, sie seien im Besitze der Wissenschaft, und vor der Wissenschaft empfand ich eine dunkle, gewaltige Ehrfurcht. Und obschon über meine Faulheit alle Lehrer einig waren, kam ich doch vorwärts und hatte meinen Platz über der Mitte. Daß die Schule und die

Schulwissenschaft ein unzulängliches Stückwerk war, merkte ich wohl, aber ich wartete auf später. Hinter diesen Vorbereitungen und Schulfuchsereien vermutete ich das reine Geistige, eine zweifellose, sichere Wissenschaft des Wahren. Dort würde ich erfahren, was die dunkle Wirrnis der Geschichte, die Kämpfe der Völker und die bange Frage in jeder einzelnen Seele bedeuten.

Noch stärker und lebendiger war eine andere Sehnsucht in mir. Ich wollte gern einen Freund haben.

Da war ein braunhaariger, ernsthafter Knabe, zwei Jahre älter als ich, namens Kaspar Hauri. Er hatte eine sichere und stille Art zu gehen und dazusein, trug den Kopf männlich fest und ernst und sprach nicht viel mit seinen Kameraden. An ihm blickte ich monatelang mit großer Verehrung empor, hielt mich auf der Straße hinter ihm her und hoffte sehnlich von ihm bemerkt zu werden. Ich war auf jeden Spießbürger eifersüchtig, den er grüßte, und auf jedes Haus, in das ich ihn eintreten oder aus dem ich ihn kommen sah. Aber ich war zwei Klassen hinter ihm zurück, und er fühlte sich vermutlich der seinigen schon überlegen. Es ist nie ein Wort zwischen uns gewechselt worden. Statt seiner schloß sich ohne mein Zutun ein kleiner kränklicher Knabe an mich an. Er war jünger als ich, schüchtern und unbegabt, hatte aber schöne, leidende Augen und Gesichtszüge. Weil er schwächlich und ein wenig verwachsen war, stand er in seiner Klasse viel Unbilden aus und suchte an mir, der ich stark und angesehen war, einen Beschützer. Bald ward er so krank, daß er die Schule nicht mehr besuchen konnte. Er fehlte mir nicht, und ich vergaß ihn rasch.

Nun war in unserer Klasse ein ausgelassener Blondkopf, ein Tausendkünstler, Musiker, Mime und Hanswurst. Ich gewann seine Freundschaft nicht ohne Mühe, und der flotte kleine Altersgenosse benahm sich stets ein klein wenig gönnerhaft gegen mich. Immerhin hatte ich nun einen Freund. Ich suchte ihn in seinem Stüblein auf, las ein paar Bücher mit ihm, machte ihm die griechischen Aufgaben und ließ mir dafür im Rechnen helfen. Auch gingen wir manchmal miteinander spazieren und müssen dann wie Bär und Wiesel ausgesehen haben. Er war immer der Sprecher, der Lustige, Witzige, nie Verlegene, und ich hörte zu, lachte und war froh, einen so burschikosen Freund zu haben.

Eines Nachmittags aber kam ich unversehens dazu, wie der kleine Scharlatan im Schulhausgang einigen Kameraden eine von seinen beliebten komischen Aufführungen zum besten gab. Soeben hatte er einen Lehrer nachgemacht, nun rief er: »Ratet, wer das ist!« und begann laut ein paar Homerverse zu lesen. Dabei kopierte er mich sehr getreu, meine verlegene Haltung, mein ängstliches Lesen, meine oberländisch rauhe Aussprache und auch meine ständige Gebärde der Aufmerksamkeit, das Blinzeln und das Schließen des linken Auges. Es sah sich sehr komisch an und war so witzig und lieblos als möglich gemacht.

Als er das Buch schloß und den verdienten Beifall einstrich, trat ich von hinten an ihn her und nahm Rache. Worte fand ich nicht, aber ich brachte meine ganze Entrüstung, Scham und Wut in einer einzigen, riesigen Ohrfeige prägnant zum Ausdruck. Gleich darauf begann die Lektion, und der Lehrer bemerkte das Wimmern und die rotgeschwollene Backe meines ehemaligen Freundes, welcher obendrein sein Liebling war.

»Wer hat dich so zugerichtet?«

»Der Camenzind.«

»Camenzind vortreten! Ist das wahr?«

»Jawohl.«

»Warum hast du ihn geschlagen?«

Keine Antwort.

»Hast du keinen Grund dazu gehabt?«

»Nein.«

Also wurde ich energisch bestraft und schwelgte stoisch in der Wonne des unschuldig Gemarterten. Da ich aber kein Stoiker noch Heiliger, sondern ein Schulbub war, streckte ich nach erlittener Strafe meinem Feind die Zunge heraus, so lang sie war. Entsetzt fuhr der Lehrer auf mich los.

»Schämst du dich nicht? Was soll das heißen?«

»Das soll heißen, daß der dort ein gemeiner Kerl ist und daß ich ihn verachte. Und ein Feigling ist er auch noch.«

So endete meine Freundschaft mit dem Mimen. Er fand keinen Nachfolger, und ich habe die Jahre der reifenden Knabenzeit ohne Freund verbringen müssen. Aber ob auch meine Anschauung des Lebens und der Menschen seither sich einigemale verändert hat, jener Ohrfeige erinnere ich mich nie ohne tiefe Befriedigung. Hoffentlich hat auch der Blonde sie nicht vergessen.

Mit siebzehn Jahren verliebte ich mich in eine Advokatentochter. Sie war schön, und ich bin stolz darauf, daß ich mein Leben lang immer nur in sehr schöne Frauenbilder verliebt war. Was ich um sie und um andere litt, erzähle ich ein andermal. Sie hieß Rösi Girtanner und ist heute noch der Liebe ganz anderer Männer, als ich bin, würdig.

Damals brauste mir die ungebrauchte Jugendkraft in allen Gliedern. Ich ließ mich mit meinen Kameraden in tolle Raufhändel ein, fühlte mich stolz als besten Ringer, Ballschläger, Wettläufer und Ruderer und war nebenher beständig schwermütig. Das hing kaum mit der Liebesgeschichte zusammen. Es war einfach die süße Schwermut des Vorfrühlings, die mich stärker als andere anfaßte, so daß ich Freude an traurigen Vorstellungen, an Todesgedanken und an pessimistischen Ideen hatte. Natürlich fand sich auch der Kamerad, der mir Heines »Buch der Lieder« in einer billigen Ausgabe zu lesen gab. Es war eigentlich kein Lesen mehr – ich goß in die leeren Verse mein volles Herz, ich litt mit, dichtete mit und geriet in ein lyrisches Schwärmen hinein, das mir vermutlich zu Gesichte stand wie dem Ferkel die Chemisette. Bis dahin hatte ich von aller »schönen Literatur« keine Ahnung gehabt. Nun folgte Lenau, Schiller, dann Goethe und Shakespeare, und plötzlich war mir der blasse Schemen Literatur zu einer großen Gottheit geworden.

Mit süßem Schauder fühlte ich aus diesen Büchern mir die würzig kühle Luft eines Lebens entgegenströmen, das nie auf Erden gewesen und doch wahrhaftig war und nun in meinem ergriffenen Herzen seine Wellen schlagen und seine Schicksale erleben wollte. In meinem Lesewinkel auf der Dachbodenkammer, wohin nur das Stundenschlagen vom nahen Turmgestühl und das trockene Klappern der daneben nistenden Störche drang, gingen die Menschen Goethes und Shakespeares bei mir ein und aus. Das Göttliche und Lächerliche alles Menschenwesens ging mir auf: das Rätsel unseres zwiespältigen, unbändigen Herzens, die tiefe Wesenheit der Weltgeschichte und das mächtige Wunder des Geistes, der unsre kurzen Tage verklärt und durch die Kraft des Erkennens unser kleines Dasein in den Kreis des Notwendigen und Ewigen erhebt. Wenn ich den Kopf durch die schmale Fensterluke steckte, sah ich die Sonne auf Dächer und schmale Gassen scheinen, hörte verwundert die kleinen Geräusche der Arbeit und Alltäglichkeit verworren heraufrauschen und fühlte das Einsame und Geheimnisvolle meines von großen Geistern erfüllten Dachwinkels wie ein sonderbar schönes Märchen mich umgeben. Und allmählich, je mehr ich las und je wunderlicher und fremder mich das Hinunterblicken auf Dächer, Gassen und Alltag ergriff, tauchte des öfteren zaghaft und beklemmend das Gefühl in mir auf, auch ich sei vielleicht ein Seher und die vor mir ausgebreitete Welt warte auf mich, daß ich einen Teil ihrer Schätze höbe, den Schleier des Zufälligen und Gemeinen davon löse und das Entdeckte durch Dichterkraft dem Untergang entreiße und verewige.

Schamhaft fing ich an, ein wenig zu dichten, und es füllten sich allmählich einige Hefte mit Versen, Entwürfen und kleinen Erzählungen an. Sie sind untergegangen und waren vermutlich wenig wert, bereiteten mir aber Herzklopfen und heimliche Wonne genug. Nur langsam folgte diesen Versuchen Kritik und Selbstprüfung nach, und erst im letzten Schuljahr trat die notwendige erste, große Enttäuschung ein. Ich hatte schon begonnen, mit meinen Erstlingsgedichten aufzuräumen und meine Schreiberei überhaupt mit Mißtrauen zu betrachten, als mir durch Zufall ein paar Bände Gottfried Keller in die Hände fielen, die ich sogleich zweimal und dreimal hintereinander las. Da sah ich in plötzlicher Erkenntnis, wie fern meine unreifen Träumereien der echten, herben, wahrhaftigen Kunst gewesen waren, verbrannte meine Gedichte und Novellen und blickte nüchtern und traurig mit peinlichen Katzenjammergefühlen in die Welt.

2

Um von der Liebe zu reden – darin bin ich zeitlebens ein Knabe geblieben. Für mich ist die Liebe zu Frauen immer ein reinigendes Anbeten gewesen, eine steile Flamme meiner Trübe entlodert, Beterhände zu blauen Himmeln emporgestreckt. Von der Mutter her und auch aus eigenem, undeutlichem Gefühl verehrte ich die Frauen insgesamt als ein fremdes, schönes und rätselhaftes Geschlecht, das uns durch eine angeborene Schönheit und Einheitlichkeit des Wesens überlegen ist und das wir heilig halten müssen, weil es gleich Sternen und blauen Berghöhen uns ferne ist und Gott näher zu sein scheint. Da das rauhe Leben seinen reichlichen Senf dazu gab, hat die Frauenliebe mir so viel Bitteres als Süßes eingebracht; zwar blieben die Frauen auf dem hohen Sockel stehen, mir aber verwandelte sich die feierliche Rolle des anbetenden Priesters allzuleicht in die peinlich-komische des genarrten Narren.

Rösi Girtanner begegnete mir fast jeden Tag, wenn ich zu Tische ging. Eine Jungfer von siebzehn Jahren, fest und biegsam gewachsen. Aus dem schmalen, bräunlich frischen Gesicht sprach die stille beseelte Schönheit, welche ihre Mutter zur Stunde noch besaß und welche vor ihr Ahne und Urahne gehabt hatten. Aus diesem alten, vornehmen und gesegneten Haus war von Geschlecht zu Geschlecht eine große, schmucke Reihe von Frauen ausgegangen, jede still und vornehm, jede frisch, adlig und von fehlerloser Schönheit. Es gibt von einem unbekannten Meister ein Mädchenbildnis aus der Familie der Fugger, im sechzehnten Jahrhundert gemalt und eines der köstlichsten Bilder, die meine Augen gesehen haben. So ähnlich waren die Girtannerschen Frauen, und so war auch Rösi.

Das alles wußte ich damals freilich nicht. Ich sah sie nur in ihrer stillen, heiteren Würde schreiten und fühlte das Adlige ihres schlichten Wesens. Dann saß ich abends nachsinnend in der Dämmerung, bis es mir gelang, ihre Erscheinung mir klar und gegenwärtig vorzustellen, und dann lief ein süßes heimliches Grausen über meine knabenhafte Seele. In Bälde kam es aber, daß diese Augenblicke der Lust sich trübten und mir bittere Schmerzen machten. Ich empfand plötzlich, wie fremd sie mir sei, mich nicht kenne noch mir nachfrage, und daß mein schönes Traumbild ein Diebstahl an ihrem seligen Wesen sei. Und eben wenn ich das so scharf und peinigend fühlte, sah ich ihr Bild immer für Augenblicke so wahr und atmend lebendig vor Augen, daß eine dunkle, warme Woge mein Herz überflutete und mir bis in die fernsten Pulse seltsam wehe tat.

Bei Tage geschah es mitten in einer Lehrstunde oder mitten in einem heftigen Raufen, daß die Woge wiederkam. Dann schloß ich die Augen, ließ die Hände sinken und fühlte mich in einen lauen Abgrund gleiten, bis mich der Aufruf des Lehrers oder der Faustschlag eines Kameraden erweckte. Ich entzog mich, lief ins Freie und staunte mit wunderlicher Träumerei in die Welt. Nun sah ich plötzlich, wie schön und farbig alles war, wie Licht und Atem durch alle Dinge floß, wie klargrün der Fluß und wie rot die Dächer und wie blau die Berge waren. Diese mich umgebende Schönheit zerstreute mich aber nicht, sondern ich genoß sie still und traurig. Je schöner alles war, desto fremder schien es mir, der ich keinen Teil daran hatte und außerhalb stand. Darüber fanden meine dumpfen Gedanken den Weg zu Rösi zurück: wenn ich in dieser Stunde stürbe, sie würde es nicht wissen, nicht danach fragen, nicht darüber betrübt sein!

Dennoch verlangte mich nicht danach, von ihr bemerkt zu werden. Ich hätte gern etwas Unerhörtes für sie getan oder ihr geschenkt, ohne daß sie gewußt hätte, von wem es kam.

Und ich tat auch vieles für sie. Es kam eben eine kurze Ferienzeit, und ich ward nach Hause geschickt. Dort leistete ich täglich allerlei Kraftstücke, alles in meiner Meinung Rösi zu Ehren. Einen schwierigen Gipfel erstieg ich von der steilsten Seite. Auf dem See machte ich übertriebene Fahrten im Weidling, große Entfernungen in knapper Zeit. Nach einer solchen Fahrt, da ich ausgebrannt und verhungert zurückkam, fiel mir ein, bis zum Abend ohne Speise und Trank zu bleiben. Alles für Rösi Girtanner. Ich trug ihren Namen und Lobpreis auf entlegene Grate und in nie besuchte Klüfte.

Zugleich büßte dabei meine in der Schulstube verhockte Jugend ihre Lust. Die Schultern gingen mir mächtig auseinander, Gesicht und Nacken wurden braun, und überall dehnten sich und schwollen die Muskeln.

Am vorletzten Ferientag brachte ich meiner Liebe ein mühseliges Blumenopfer. Zwar wußte ich an mehreren verlockenden Hängen auf schmalen Erdbändern Edelweiß stehen, aber diese duft- und farblose, krankhafte Silberblüte war mir stets seelenlos und wenig schön erschienen. Dafür kannte ich ein paar vereinsamte Alpenrosenbüsche, in die Furche einer kühnen Fluh verweht, spätblühend und verlockend schwer zu erreichen. Nun, es mußte gehen. Und da denn der Jugend und Liebe nichts unmöglich ist, gelangte ich mit zerschundenen Händen und krampfigen Schenkeln schließlich zum Ziel. Juchezen konnte ich in meiner bangen Lage nicht, aber das Herz jodelte und lärmte mir vor Lust, als ich vorsichtig die zähen Zweige durchschnitt und die Beute in den Händen hielt. Zurück mußte ich, die Blumen im Mund, rücklings klettern, und Gott allein weiß, wie ich frecher Knabe heil den Fuß der Wand erreichte. Am ganzen Berg war die Blüte der Alpenrose lang vorüber, ich hatte die letzten Zweige des Jahres knospend und zarterblühend in der Hand.

Andern Tags hielt ich die Blumen während der ganzen

fünfstündigen Reise in den Händen. Anfangs schlug das Herz mir mächtig der Stadt der schönen Rösi entgegen; je ferner aber das Hochgebirge ward, desto stärker zog die eingeborene Liebe mich zurück. Ich erinnere mich so gut an jene Eisenbahnfahrt! Der Sennalpstock war schon lange unsichtbar, nun sanken aber auch die zackigen Vorberge einer um den andern hinab, und jeder löste sich mit feinem Wehgefühl von meinem Herzen. Nun waren alle heimischen Berge versunken, und eine breite, niedere, hellgrüne Landschaft drängte sich hervor. Das hatte mich bei meiner ersten Reise gar nicht berührt. Diesmal aber ergriff mich Unruhe, Angst und Trauer, als wäre ich verurteilt, weiter in immer flachere Länder hinein zu fahren und die Berge und das Bürgerrecht der Heimat unwiederbringlich zu verlieren. Zugleich sah ich immer das schöne, schmale Gesicht der Rösi vor mir stehen, so fein und fremd und kühl und meiner unbekümmert, daß mir Erbitterung und Schmerz den Atem verhielt. Vor den Fenstern glitten hintereinander die frohen, sauberen Ortschaften mit schlanken Türmen und weißen Giebeln vorüber, und Menschen stiegen aus und ein, redeten, grüßten, lachten, rauchten und machten Witze – lauter fröhliche Unterländer, gewandte, freimütige und polierte Leute –, und ich schwerer Bursch vom Oberland saß stumm und traurig und verbissen damitten. Ich fühlte, daß ich nicht mehr heimisch war. Ich empfand, daß ich den Bergen für immer entrissen war und doch nie werden würde wie ein Unterländer, nie so froh, so gewandt, so glatt und sicher. So einer wie diese würde sich immer über mich lustig machen, so einer würde die Girtanner einmal heiraten, und so einer würde mir immer im Weg und um einen Schritt voraus sein.

Solche Gedanken brachte ich mit zur Stadt. Dort stieg ich nach der ersten Begrüßung auf den Dachboden, öffnete meine Kiste und entnahm ihr einen großen Bogen Papier. Es war nicht vom feinsten, und als ich meine Alpenrosen darein gewickelt und das Paket mit einem extra von Hause mitgebrachten Bindfaden verschnürt hatte, sah es gar nicht wie eine Liebesgabe aus. Ernsthaft trug ich es in die Straße, wo der Advokat Girtanner wohnte, und im ersten günstigen Augenblick trat ich durchs offene Tor, sah mich in dem abendlich halblichten Hausflur ein wenig um und legte mein unförmliches Bündel auf der breiten herrschaftlichen Treppe ab.

Niemand sah mich, und ich erfuhr nie, ob Rösi meinen Gruß zu sehen bekommen habe. Aber ich war an Flühen geklettert und hatte mein Leben gewagt, um einen Zweig Rosen auf die Treppe ihres Hauses zu legen, und darin lag etwas Süßes, Traurigfrohes, Poetisches, das mir wohl tat und das ich noch heut empfinde. Nur in gottlosen Stunden scheint es mir zuweilen, als sei jenes Rosenabenteuer so gut wie alle meine späteren Liebesgeschichten eine Donquichotterie gewesen.

Diese meine erste Liebe fand nie einen Abschluß, sondern verklang fragend und unerlöst in meine Jugendjahre und lief neben meinen späteren Verliebtheiten wie eine stille ältere Schwester mit. Immer noch kann ich mir nichts Nobleres, Reineres und Schöneres vorstellen als jene junge, wohlgeborene und stillblickende Patrizierin. Und als ich manche Jahre später auf einer historischen Ausstellung in München jenes namenlose, rätselhaft liebliche Bildnis der Fuggertochter sah, erschien mir, es stehe meine ganze schwärmerische, traurige Jugend vor mir und schaue mich aus unergründlichen Augen tief und verloren an.

Indessen häutete ich mich langsam und bedächtig und ward allmählich vollends zum Jüngling. Meine damals angefertigte Photographie zeigt einen knochigen, hochgewachsenen Bauernburschen in schlechten Schülerkleidern, mit etwas matten Augen und unfertigen, lümmelhaften Gliedmaßen. Nur der Kopf hat etwas Frühfertiges und Festes. Mit einer Art von Erstaunen sah ich mich die Manieren der Knabenzeit ablegen und erwartete mit dunkler Vorfreude die Studentenzeit.

Ich sollte in Zürich studieren, und für den Fall besonderer

Leistungen hatten meine Gönner die Möglichkeit einer Studienreise erwähnt. All das erschien mir wie ein schönes, klassisches Bild: eine ernst freundliche Laube mit den Büsten Homers und Platos, ich darin sitzend über Folianten gebückt, und auf allen Seiten ein weiter, klarer Blick auf Stadt, See, Berge und schöne Fernen. Mein Wesen war nüchterner und doch schwungvoller geworden, und ich freute mich des zukünftigen Glückes mit der festen Zuversicht, seiner würdig befunden zu werden.

Im letzten Schuljahr fesselte mich das Studium des Italienischen und die erste Bekanntschaft mit den alten Novellisten, deren gründlicheres Kennenlernen ich mir als erste Liebhaberarbeit für die Zürcher Semester vorbehielt. Dann kam der Tag, da ich meinen Lehrern und dem Hausvater Adieu sagte, meine kleine Kiste packte und vernagelte und mit wohliger Wehmut abschiednehmend um das Haus der Rösi strich.

Die Ferienzeit, die nun folgte, gab mir einen bitteren Vorgeschmack vom Leben und zerriß mir die schönen Traumflügel schnell und rauh. Zunächst fand ich die Mutter krank. Sie lag zu Bett, redete fast gar nichts und machte auch von meinem Kommen kein Aufhebens. Wehleidig war ich nicht, aber es schmerzte mich doch, meiner Freude und meinem jungen Stolz gar kein Echo zu finden. Alsdann erklärte mir mein Vater, daß er zwar nichts dagegen habe, wenn ich nun studieren wolle, daß er aber nicht vermöge, mir Geld dazu zu geben. Wenn das kleine Stipendium nicht reiche, müsse ich eben sehen, mir das Nötige zu verdienen. In meinem Alter habe er schon längst eigenes Brot gegessen, und so weiter.

Auch mit Wandern, Rudern und Bergsteigen war es diesmal nicht viel, denn ich mußte in Haus und Feld mitarbeiten, und an den freien halben Tagen hatte ich zu nichts Lust, nicht einmal zum Lesen. Es empörte und ermüdete mich zu sehen, wie das gemeine tägliche Leben breitmäulig sein Recht forderte und alles fraß, was ich von Überfluß und Übermut mitgebracht hatte. Übrigens war mein Vater, als er die Geldfrage einmal vom Herzen hatte, nach seiner Art zwar rauh und kurz, aber nicht unfreundlich gegen mich, doch hatte ich keine Freude daran. Auch daß meine Schulbildung und meine Bücher ihm einen stillen, halbverächtlichen Respekt einflößten, störte mich und tat mir leid. Und dann dachte ich auch oft an Rösi und hatte wieder das böse, rechthaberische Gefühl meines bauernhaften Unvermögens, je in der »Welt« einen sicheren und beweglichen Mann abzugeben. Ich besann mich sogar tagelang, ob es nicht besser sei, dazubleiben und mein Latein und meine Hoffnungen im zähen, trüben Zwang des armseligen heimischen Lebens zu vergessen. Gequält und verdrossen ging ich umher und fand auch am Bett der kranken Mutter nicht Trost noch Ruhe. Das Bild jener Traumlaube mit der Homerbüste erschien höhnisch wieder, und ich zerstörte es und goß allen Grimm und alle Feindseligkeit meines zerplagten Wesens darüber. Die Wochen wurden unausstehlich lang, als sollte ich an diese hoffnungslose Zeit des Ärgers und Zwiespalts meine ganze Jugend verlieren.

War ich erstaunt und empört gewesen, das Leben meine glückliche Träumerei so rasch und gründlich zerstören zu sehen, so kam ich nun in die Lage zu erstaunen, wie plötzlich und mächtig auch der jetzigen Quälerei ein Überwinder erwuchs. Das Leben hatte mir seine graue Werktagsseite gezeigt, nun trat es plötzlich mit seinen ewigen Tiefen vor mein befangenes Auge und belud meine Jugend mit einer schlichten, mächtigen Erfahrung.

Früh am Morgen eines heißen Sommertages litt ich im Bette Durst und stand auf, um in die Küche zu gehen, wo stets eine Kufe frischen Wassers stand. Dabei mußte ich durchs Schlafzimmer der Eltern gehen, wo mir das sonderbare Stöhnen der Mutter auffiel. Ich trat an ihr Bett, doch sah sie mich nicht und gab keine Antwort, sondern stöhnte trokken und angstvoll vor sich hin, zuckte mit den Lidern und war bläulich blaß im Gesicht. Dies erschreckte mich nicht sonderlich, obwohl mir etwas ängstlich wurde. Aber dann sah ich ihre beiden Hände auf dem Laken liegen, still und wie schlafende Geschwister. An diesen Händen sah ich, daß meine Mutter im Sterben lag, denn sie waren schon so seltsam todmüde und willenlos, wie sie kein Lebender hat. Ich vergaß meinen Durst, kniete neben dem Lager nieder, legte der Kranken die Hand auf die Stirn und suchte ihren Blick. Da er mich traf, war er gut und ohne Qual, aber nahe am Erlöschen. Es fiel mir nicht ein, daß ich den Vater wecken müsse, der nebenan mit hartem Atmen schlief. So kniete ich denn nahezu zwei Stunden und sah meine Mutter den Tod erleiden. Sie litt ihn stille, ernst und tapfer, wie es ihrer Art zukam, und hat mir ein gutes Vorbild gegeben.

Das Stüblein war stille und füllte sich langsam mit der Helle des heraufsteigenden Morgens; Haus und Dorf lag schlafend, und ich hatte Muße, in Gedanken die Seele eines Sterbenden zu begleiten, über Haus und Dorf und See und Schneegipfel hinweg in die kühle Freiheit eines reinen Frühmorgenhimmels hinein. Schmerz fühlte ich wenig, denn ich war voll Staunen und Ehrfurcht, zusehen zu dürfen, wie ein großes Rätsel sich löste und wie der Ring eines Lebens sich mit leisem Erzittern schloß. Auch war die klaglose Tapferkeit der Scheidenden so erhaben, daß von ihrer herben Glorie ein kühlend klarer Strahl auch in meine Seele fiel. Daß der Vater daneben schlief, daß kein Priester da war, daß weder Sakrament noch Gebet die heimkehrende Seele heiligend begleitete, empfand ich nicht. Ich spürte nur einen schauernden Hauch der Ewigkeit durch die dämmernde Stube fluten und sich mit meinem Wesen vermischen.

Im letzten Augenblick, die Augen waren schon erloschen, küßte ich zum erstenmal in meinem Leben meiner Mutter kühlen, welken Mund. Dann überlief die fremde Kühle der Berührung mich mit plötzlichem Grausen, ich setzte mich auf den Rand des Bettes und fühlte, daß mir langsam und zögernd eine große Träne um die andere über Wangen, Kinn und Hände lief.

Bald darauf erwachte der Vater, sah mich dasitzen und rief mich schlaftrunken an, was es gäbe. Ich wollte ihm Antwort geben, konnte aber nichts sagen, sondern ging aus der Stube, kam wie im Traum in meine Kammer und zog langsam und unbewußt meine Kleider an. Bald erschien der Alte bei mir.

»Die Mutter ist tot«, sagte er. »Hast du's gewußt?«

Ich nickte.

»Warum hast du mich schlafen lassen? Und kein Priester ist dagewesen! Dich soll doch –« Er tat einen schweren Fluch.

Da tat irgend etwas in meinem Kopf mir weh, wie wenn eine Ader gesprungen wäre. Ich trat auf ihn zu und nahm ihn fest bei beiden Händen – er war an Stärke ein Knabe gegen mich – und sah ihm ins Gesicht. Sagen konnte ich nichts, aber er ward still und beklommen, und als wir darauf beide zur Mutter hinübergingen, ergriff auch ihn die Gewalt des Todes und machte sein Gesicht fremd und feierlich. Dann bückte er sich über die Tote und begann ganz leise und kindlich zu klagen, fast wie ein Vogel, in hohen schwachen Tönen. Ich ging weg und brachte den Nachbarn die Nachricht. Sie hörten mich an, stellten keine Fragen, sondern gaben mir die Hand und boten unsrem verwaisten Haushalt ihre Hilfe an. Einer lief den Weg ins Kloster, um einen Pater zu holen, und da ich heimkehrte, war schon eine Nachbarin in unsrem Stall und versorgte die Kuh.

Der Hochwürdige kam, und fast alle Frauen des Orts kamen, alles geschah pünktlich und richtig wie von selber, sogar der Sarg ward ohne unser Zutun besorgt, und ich konnte zum erstenmal deutlich sehen, wie gut es in schweren Lagen ist, heimisch zu sein und einer kleinen, sicheren Gemeinschaft anzugehören. Am andern Tage hätte ich mir das vielleicht noch tiefer überlegen sollen.

Als nämlich der Sarg gesegnet und versenkt und die wunderliche Schar wehmütig altmodischer, borstiger Zylinderhüte verschwunden war, auch der meines Alten, jeder in seine Schachtel und seinen Schrank, da wandelte meinen armen Vater eine Schwäche an. Er begann plötzlich sich selbst zu bemitleiden und hielt mir in sonderbaren, großenteils biblischen Redewendungen sein Elend vor, daß er nun, da sein Weib begraben sei, auch noch seinen Sohn verlieren und in die Fremde fahren sehen müsse. Es nahm kein Ende, ich hörte erschrocken zu und war beinahe bereit, ihm das Dableiben zu versprechen.

In diesem Augenblick, ich hatte schon zur Antwort angesetzt, geschah mir etwas Merkwürdiges. Es erschien mir plötzlich, in einer einzigen Sekunde, alles das, was ich von klein auf gedacht und erwünscht und sehnlich erhofft hatte, zusammengedrängt vor einem plötzlich aufgetanen innerlichen Auge. Ich sah große, schöne Arbeiten auf mich warten, zu lesende Bücher und zu schreibende Bücher. Ich hörte den Föhn gehen und sah ferne, selige Seen und Ufer in südlichen Farben erglänzend liegen. Ich sah Menschen mit klugen, geistigen Gesichtern wandeln und schöne, feine Frauen, sah Straßen laufen und Pässe über Alpen führen und Eisenbahnen durch Länder hasten, alles zugleich und jedes doch für sich und deutlich, und hinter allem die unbegrenzte Ferne eines klaren Horizontes, von treibenden Flugwolken durchschnitten. Lernen, schaffen, schauen, wandern – die ganze Fülle des Lebens glänzte in flüchtigem Silberblick vor meinem Auge auf, und wieder wie in Knabenzeiten zitterte etwas in mir mit unbewußt mächtigem Zwang der großen Weite der Welt entgegen.

Ich schwieg und ließ den Vater reden, schüttelte nur den Kopf und wartete, bis sein Ungestüm ermüdete. Das geschah erst am Abend. Nun erklärte ich ihm meinen festen Entschluß, zu studieren und meine künftige Heimat im Reich des Geistes zu suchen, von ihm aber keine Unterstützung zu begehren. Er drang denn auch nicht weiter in mich und sah mich nur wehleidig und kopfschüttelnd an. Denn auch er begriff, daß ich von jetzt an eigene Wege gehen und seinem Leben schnell vollends fremd werden würde. Als ich heute beim Schreiben mich dieses Tages erinnerte, sah ich meinen Vater wieder so, wie er an jenem Abend im Stuhl beim Fenster saß. Sein scharfer, kluger Bauernkopf steht unbeweglich auf dem dünnen Hals, das kurze Haar beginnt zu grauen, und in den harten, strengen Zügen kämpft mit der zähen Männlichkeit das Leid und das hereinbrechende Alter.

Von ihm und von meinem damaligen Aufenthalt unter seinem Dach bleibt mir noch ein kleines, nicht unwichtiges Ereignis zu erzählen. In der letzten Woche vor meiner Abreise setzte eines Abends mein Vater seine Mütze auf und nahm den Türgriff in die Hand. »Wo gehst du hin?« fragte ich. – »Geht's dich was an?« sagte er. – »Könntest mir's auch sagen, wenn's nichts Unrechtes ist«, meinte ich. Da lachte er und rief: »Kannst auch mitkommen, bist ja keiner von den Kleinsten mehr.« So ging ich denn mit. Ins Wirtshaus. Ein paar Bauern saßen da vor einem Krug Hallauer, zwei fremde Fuhrleute tranken Absinth, ein Tisch voll junger Burschen spielte Jaß und spektakelte mächtig.

Ich war gewohnt, zuweilen ein Glas Wein zu trinken, doch war es nun zum erstenmal, daß ich ohne Not ein Schankhaus betrat. Daß mein Vater ein gediegener Zecher sei, wußte ich vom Hörensagen. Er trank viel und gut, und dadurch blieb sein Hauswesen, ohne daß er es sonst ernstlich vernachlässigt hätte, immer in einer hoffnungslosen Kümmerlichkeit stekken. Es fiel mir auf, wieviel Achtung ihm von Wirt und Gästen gezeigt wurde. Er ließ einen Liter Waadtländer bringen, hieß mich einschenken und belehrte mich darüber, wie das zu machen sei. Man müsse niedrig einschenken, dann den Strahl mäßig verlängern und zum Schluß die Flasche wieder so tief als möglich senken. Darauf begann er von verschiedenen Weinen zu erzählen, die er kannte und die er bei seltenen Gelegenheiten, wenn er etwa einmal zur Stadt oder ins Welsche hinüberkam, zu genießen pflegte. Er sprach mit ernster Achtung vom tiefroten Veltliner, von welchem er drei Arten unterschied. Hierauf kam er mit leiserer, eindringender Stimme auf gewisse Waadtländer Flaschenweine zu sprechen. Fast flüsternd und mit der Miene eines Märchenerzählers berichtete er zuletzt vom Wein von Neuchâtel. Von diesem gäbe es Jahrgänge, deren Schaum beim Einschenken im Glase einen Stern bilde. Und er zeichnete den Stern mit angefeuchtetem

Zeigefinger auf den Tisch. Dann versank er in ungeheuerliche Mutmaßungen über das Wesen und den Geschmack des Champagners, den er nie getrunken hatte und von welchem er glaubte, daß eine Flasche davon zwei Mann stocksternhagelbetrunken mache.

Verstummend und nachdenklich zündete er sich eine Pfeife an. Dabei bemerkte er, daß ich nichts zu rauchen habe, und gab mir zehn Rappen für Zigarren. Und dann saßen wir einander gegenüber, bliesen uns den Rauch ins Gesicht und tranken langsam schürfend den ersten Liter leer. Der gelbe, pikante Waadtländer schmeckte mir vorzüglich. Allmählich wagten die Bauern am Nebentisch sich mit ins Gespräch, und schließlich siedelte einer nach dem andern räuspernd und vorsichtig zu uns über. Bald kam auch ich in den Mittelpunkt, und es zeigte sich, daß mein Ruf als Bergsteiger noch nicht vergessen war. Allerlei verwegene Aufstiege und tolle Abstürze, in mythische Nebel gehüllt, wurden erzählt, bestritten und verteidigt. Mittlerweile waren wir schon fast mit dem zweiten Liter fertig, und mir sauste das Blut in den Augen. Ganz gegen meine Natur begann ich laut zu prahlen und erzählte auch die freche Kletterei an der oberen Sennalpstockwand, wo ich die Alpenrosen für Rösi Girtanner geholt hatte. Man glaubte mir nicht, ich beteuerte, man lachte, ich ward zornig. Ich forderte jeden, der mir nicht glaubte, zum Ringen heraus und ließ merken, daß ich zur Not sie alle miteinander zu zwingen gedenke. Da ging ein altes, krummes Bäuerlein in die Kredenz, brachte einen großen Steingutkrug und legte ihn der Länge nach auf den Tisch.

»Ich will dir was sagen«, lachte er. »Wenn du so stark bist, so hau den Krug mit der Faust zusammen. Dann zahlen wir dir so viel Wein, als er faßt. Wenn du es nicht kannst, zahlst aber du den Wein.«

Mein Vater stimmte sogleich zu. Also stand ich auf, wikkelte mein Taschentuch um die Hand und schlug. Die zwei ersten Schläge taten keine Wirkung. Beim dritten ging der Krug in Stücke. »Zahlen!« rief mein Vater und glänzte vor

Wonne, der Alte schien einverstanden. »Gut«, sagte er, »ich zahl Wein, soviel in den Krug geht. Wird aber nimmer viel sein.« Freilich faßte der Scherben keinen Schoppen mehr, und ich hatte zum Schmerz im Arm noch den Spott. Auch mein Vater lachte mich jetzt aus.

»Nun, so hast du gewonnen«, schrie ich, schenkte den Scherben aus unsrer Flasche voll und goß ihn dem Alten über den Kopf. Nun waren wir wieder die Sieger und hatten den Beifall der Gäste.

Derlei starke Scherze wurden noch mehr getrieben. Dann schleppte mein Vater mich nach Hause, und wir polterten aufgeregt und unwirsch durch die Stube, in welcher vor noch nicht drei Wochen der Sarg der Mutter gestanden hatte. Ich schlief wie ein Toter und war am Morgen ganz verwüstet und zerbrochen. Der Vater spottete, war munter und heiter und freute sich sichtlich seiner Überlegenheit. Ich aber schwor im stillen, nie mehr zu zechen, und wartete sehnlichst auf den Tag der Abreise.

Der Tag kam, und ich reiste ab, den Schwur aber habe ich nicht gehalten. Der gelbe Waadtländer, der tiefrote Veltliner, der Neuenburger Sternwein und viele andere Weine sind mir seither bekannt und gute Freunde geworden.

3

Aus der nüchternen und drückenden Luft der Heimat herausgekommen, tat ich große Flügelschläge der Wonne und Freiheit. Wenn ich sonst im Leben je und je zu kurz gekommen bin, so habe ich doch die absonderliche, schwärmerische Lust der Jugendzeit reich und rein genossen. Gleich einem jungen Krieger, der am blühenden Waldrand rastet, lebte ich in seliger Unruhe zwischen Kampf und Getändel; und wie ein ahnungsvoller Seher stand ich an dunkeln Abgründen, dem Brausen großer Ströme und Stürme lauschend und die Seele gerüstet, den Zusammenklang der Dinge und die Harmonie alles Lebens zu vernehmen. Tief und beglückt trank ich aus den vollen Bechern der Jugend, litt in der Stille süße Leiden um schöne, scheu verehrte Frauen und kostete das edelste Jugendglück einer männlich frohen, reinen Freundschaft bis zum Grunde.

In einem neuen Buckskinanzug und mit einer kleinen Kiste voll Bücher und sonstiger Habe kam ich angefahren, bereit, mir ein Stück Welt zu erobern und so bald als möglich den Rauhbeinen daheim zu beweisen, daß ich aus einem anderen Holze als die übrigen Camenzinde geschnitten sei. Drei wundervolle Jahre wohnte ich in derselben weithinblickenden, windigen Mansarde, lernte, dichtete, sehnte mich und fühlte alle Schönheit der Erde mich mit warmer Nähe umgeben. Nicht jeden Tag hatte ich etwas Warmes zu essen, aber jeden Tag und jede Nacht und jede Stunde sang und lachte und weinte mir das Herz, einer starken Freude voll, und hielt das liebe Leben heiß und sehnlich an sich gedrückt.

Zürich war die erste große Stadt, die ich grüner Peter zu sehen bekam, und ein paar Wochen lang machte ich beständig große Augen. Das städtische Leben aufrichtig zu bewundern oder zu beneiden, fiel mir zwar nicht ein – darin war ich eben ein Bauer; aber ich hatte Freude an dem Vielerlei der Straßen, Häuser und Menschen. Ich beschaute die von Wagen belebten Gassen, die Schifflände, Plätze, Gärten, Prunkbauten und Kirchen; ich sah fleißige Leute in Scharen zur Arbeit laufen, sah Studenten bummeln, Vornehme ausfahren, Gecken sich brüsten, Fremde umherschlendern. Die modisch eleganten, hoffärtigen Weiber der Reichen kamen mir wie Pfauen im Hühnerhofe vor, hübsch, stolz und ein wenig lächerlich. Schüchtern war ich eigentlich nicht, nur steif und trotzig, und ich zweifelte nicht, daß ich ganz der Kerl dazu sei, dies rege Leben der Städte gründlich kennenzulernen und später selber einmal meinen sicheren Platz darin zu finden.

Die Jugend trat mich an in der Gestalt eines schönen, jungen Menschen, der in derselben Stadt studierte und im ersten Stockwerk meines Hauses zwei hübsche Zimmer gemietet hatte. Jeden Tag hörte ich ihn unten Klavier spielen und spürte dabei zum erstenmal etwas vom Zauber der Musik, der weiblichsten und süßesten Kunst. Dann sah ich den hübschen Jungen das Haus verlassen, ein Buch oder Notenheft in der Linken, in der Rechten die Zigarette, deren Rauch hinter seinem biegsam schlanken Gang verwirbelte. Mich zog eine scheue Liebe zu ihm hin, doch blieb ich abgesondert und fürchtete mich, mit einem Menschen Umgang zu haben, neben dessen leichtem, freiem und wohlhabendem Wesen meine Armut und mein Mangel an Lebensart mich nur demütigen würde. Da kam er selber zu mir. Eines Abends klopfte es an meiner Tür, und ich erschrak ein wenig; denn ich hatte noch nie Besuch bei mir gesehen. Der schöne Student trat ein, gab mir die Hand, nannte seinen Namen und tat so frei und fröhlich, als wären wir alte Bekannte.

»Ich wollte fragen, ob Sie nicht Lust hätten, ein wenig mit mir zu musizieren«, sagte er freundlich. Aber ich hatte in meinem Leben nie ein Instrument berührt. Ich sagte ihm das und fügte hinzu, daß ich außer Jodeln keinerlei Künste verstehe, doch habe mir sein Klavierspiel oft schön und verlokkend heraufgeklungen.

»Wie man sich täuschen kann!« rief er lustig. »Ihrem Äußeren nach hätte ich geschworen, Sie seien Musiker. Merkwürdig! Aber Sie können jodeln? O bitte, jodeln Sie doch einmal! Ich höre es ums Leben gern.«

Ich war ganz bestürzt und erklärte ihm, daß ich so auf Verlangen und in der Stube drin durchaus nicht jodeln könne. Das müsse auf einem Berge oder mindestens im Freien und ganz aus eigener Lust geschehen.

»Dann jodeln Sie also auf einem Berge! Vielleicht morgen? Ich bitte Sie sehr darum. Wir könnten etwa gegen Abend miteinander ausfliegen. Wir bummeln und plaudern ein wenig, droben jodeln Sie dann, und nachher essen wir in irgendeinem Dorf zur Nacht. Sie haben doch Zeit?«

O ja, Zeit genug. Ich sagte eilig zu. Und dann bat ich ihn, mir etwas vorzuspielen, und stieg mit ihm in seine schöne, große Wohnung hinunter. Ein paar modern eingerahmte

Bilder, das Klavier, eine gewisse zierliche Unordnung und ein feiner Zigarettenduft erzeugten in dem hübschen Raum eine Art von freier und behaglicher Eleganz und wohnlicher Stimmung, die mir ganz neu war. Richard setzte sich ans Klavier und spielte ein paar Takte.

»Sie kennen das, nicht wahr?« nickte er herüber und sah prachtvoll aus, wie er so vom Spielen weg den hübschen Kopf herüberbog und mich glänzend ansah.

»Nein«, sagte ich, »ich kenne nichts.«

»Es ist Wagner«, rief er zurück, »aus den Meistersingern«, und spielte weiter. Es klang leicht und kräftig, sehnsüchtig und heiter, und umfloß mich wie ein laues, erregendes Bad. Zugleich betrachtete ich mit heimlicher Lust den schlanken Nacken und Rücken des Spielers und seine weißen Musikerhände, und dabei überlief mich dasselbe scheue und bewundernde Gefühl von Zärtlichkeit und Achtung, mit dem ich früher jenen dunkelhaarigen Schüler betrachtet hatte, zusammen mit der schüchternen Ahnung, dieser schöne, vornehme Mensch würde vielleicht wirklich mein Freund werden und meine alten, nicht vergessenen Wünsche nach einer solchen Freundschaft wahr machen.

Tags darauf holte ich ihn ab. Langsam und plaudernd erstiegen wir einen mäßigen Hügel, überschauten Stadt, See und Gärten und genossen die satte Schönheit des Vorabends.

»Und nun jodeln Sie!« rief Richard. »Wenn Sie sich immer noch genieren, so drehen Sie mir den Rücken zu. Aber bitte, laut!«

Er konnte zufrieden sein. Ich jodelte wütend und frohlokkend in die rosige Abendweite hinein, in allen Tonarten und Brechungen. Als ich aufhörte, wollte er etwas sagen, hielt aber sogleich wieder inne und deutete horchend gegen die Berge. Von einer fernen Höhe her kam Antwort, leise, langgezogen und schwellend, der Gruß eines Hirten oder Wanderers, und wir hörten still und freudig zu. Während dieses gemeinsamen Stehens und Lauschens überrann mich mit köstlichem Schauer die Empfindung, zum erstenmal neben einem Freunde zu stehen und so zu zweien in schöne, rosig verwölkte Lebensweiten zu blicken. Der abendliche See begann sein weiches Farbenspiel, und kurz vor Sonnenuntergang sah ich aus zerfließendem Gedünste ein paar trotzige, frech gezackte Alpengipfel hervortreten.

»Dort ist meine Heimat«, sagte ich. »Die mittlere Schroffe ist die rote Fluh, rechts das Geißhorn, links und weiter entfernt der runde Sennalpstock. Ich war zehn Jahr und drei Wochen alt, als ich zum erstenmal auf dieser breiten Kuppe stand.«

Ich strengte die Augen an, um etwa noch einen der südlicheren Gipfel zu erspähen. Nach einer Weile sagte Richard etwas, das ich nicht verstand.

»Was sagten Sie?« fragte ich.

»Ich sage, daß ich nun weiß, welche Kunst Sie treiben.«

»Welche denn?«

»Sie sind Dichter.«

Da wurde ich rot und ärgerlich und war zugleich erstaunt, wie er das erraten habe.

»Nein«, rief ich, »ein Dichter bin ich nicht. Ich habe zwar auf der Schule Verse gemacht, aber nun schon lang keine mehr.«

»Darf ich die einmal sehen?«

»Sie sind verbrannt. Aber Sie dürften sie doch nicht sehen, auch wenn ich sie noch hätte.«

»Es waren gewiß sehr moderne Sachen, mit viel Nietzsche drin?«

»Was ist das?«

»Nietzsche? Ja großer Gott, kennen Sie den nicht?«

»Nein. Woher soll ich den kennen?«

Nun war er entzückt, daß ich Nietzsche nicht kannte. Ich aber wurde ärgerlich und fragte, über wieviel Gletscher er schon gegangen sei. Als er sagte, über keinen, tat ich darüber ebenso spöttisch erstaunt wie er vorher über mich. Da legte er mir die Hand auf den Arm und sagte ganz ernst: »Sie sind empfindlich. Aber Sie wissen ja selber gar nicht, was für ein beneidenswert unverdorbener Mensch Sie sind und wie wenig solche es gibt. Sehen Sie, in einem Jahr oder zwei werden Sie Nietzsche und all den Kram ja auch kennen, viel besser als ich, da Sie gründlicher und gescheiter sind. Aber gerade so, wie Sie jetzt sind, habe ich Sie gern. Sie kennen Nietzsche nicht und Wagner nicht, aber Sie sind viel auf Schneebergen gewesen und haben so ein tüchtiges Oberländergesicht. Und ganz gewiß sind Sie auch ein Dichter. Ich kann das am Blick und an der Stirn sehen.«

Auch das, daß er so freimutig und ungeniert mich betrachtete und seine Meinung herausplauderte, erstaunte mich und kam mir ungewöhnlich vor.

Noch viel erstaunter und glücklicher war ich aber, als er acht Tage später in einem vielbesuchten Biergarten Brüderschaft mit mir schloß, vor allen Leuten aufsprang, mich küßte und umfaßte und mit mir wie verrückt um den Tisch herum tanzte.

»Was werden die Leute denken?« warnte ich ihn schüchtern.

»Sie werden denken: die zwei sind außerordentlich glücklich oder ganz außerordentlich besoffen; die meisten werden gar nichts denken.«

Überhaupt schien Richard mir oft, obwohl er älter, klüger, besser erzogen und in allem beschlagener und raffinierter war als ich, doch im Vergleich mit mir das reine Kind zu sein. Auf der Straße machte er halbwüchsigen Schulmädchen feierlich-spöttisch den Hof, die ernsthaftesten Klavierstücke unterbrach er unerwartet mit völlig kindischen Witzen, und als wir einmal Spaßes halber in eine Kirche gegangen waren, sagte er plötzlich mitten während der Predigt nachdenklich und wichtig zu mir: »Du, findest du nicht, der Pfarrer sieht aus wie ein Kaninchengreis?« Der Vergleich traf zu, ich fand aber, er hätte mir das auch nachher mitteilen können, und sagte ihm das.

»Wenn es doch richtig war!« schmollte er. »Bis nachher hätte ich es wahrscheinlich wieder vergessen.«

Daß seine Witze keineswegs immer geistreich waren, häufig sogar nur auf das Zitieren eines Buschverses hinausliefen, störte weder mich noch andere, denn was wir an ihm liebten und bewunderten, war nicht Witz und Geist, sondern die unbezwingliche Heiterkeit seines lichten, kindlichen Wesens, welche jeden Augenblick hervorbrach und ihn mit einer leichten, fröhlichen Atmosphäre umgab. Sie konnte sich in einer Gebärde, in einem leisen Lachen, in einem fidelen Blick äußern, aber lange sich verbergen konnte sie nicht. Ich bin überzeugt, daß er auch im Schlaf zuweilen lachen oder eine Geste der Heiterkeit machen mußte.

Richard brachte mich häufig mit anderen jungen Leuten zusammen, Studenten, Musikanten, Malern, Literaten, allerlei Ausländern, denn was an interessanten, kunstliebenden und aparten Personen in der Stadt herumlief, geriet in seinen Umgang. Es waren manche ernste und heftig ringende Geister dabei, Philosophen, Ästhetiker und Sozialisten, und von vielen konnte ich ein gutes Stück lernen. Kenntnisse aus den verschiedensten Gebieten flogen mir stückweise an, ich ergänzte und las viel nebenher, und so gewann ich allmählich eine gewisse Vorstellung von dem, was die regsamen Köpfe der Zeit plagte und bannte, und bekam einen wohltätig anspornenden Einblick in die geistige Internationale. Ihre Wünsche, Ahnungen, Arbeiten und Ideale waren mir anziehend und verständlich, ohne daß ein starker eigener Trieb mich genötigt hätte, für oder wider mitzustreiten. Bei den meisten fand ich alle Energie des Gedankens und der Leidenschaft auf Zustände und Einrichtungen der Gesellschaft, des Staates, der Wissenschaften, der Künste, der Lehrmethoden gerichtet, die wenigsten aber schienen mir das Bedürfnis zu kennen, ohne äußeren Zweck an sich selber zu bauen und ihr persönliches Verhältnis zu Zeit und Ewigkeit zu klären. Auch in mir selber lag dieser Trieb noch zumeist im Halbschlummer.

Freundschaften schloß ich keine mehr, da ich Richard ausschließlich und mit Eifersucht liebte. Auch den Frauen, mit denen er viel und vertraut umging, suchte ich ihn zu entziehen. Die kleinsten mit ihm getroffenen Verabredungen hielt ich peinlich genau und war empfindlich, wenn er mich warten ließ. Einmal bat er mich, ihn zu einer bestimmten Stunde zum Rudern abzuholen. Ich kam, fand ihn aber nicht zu Hause und wartete drei Stunden vergebens auf sein Kommen. Tags darauf warf ich ihm seine Nachlässigkeit heftig vor.

»Warum bist du denn nicht einfach allein rudern gegangen?« lachte er verwundert. »Ich hatte die Sache ganz vergessen; das ist doch schließlich kein Unglück.«

»Ich bin gewohnt, mein Wort pünktlich zu halten«, antwortete ich heftig. »Aber freilich bin ich auch daran gewöhnt, daß du dir wenig daraus machst, mich irgendwo auf dich warten zu wissen. Wenn man so viele Freunde hat wie du!«

Er sah mich mit maßlosem Erstaunen an.

»Ja, so ernst nimmst du jede Bagatelle?«

»Meine Freundschaft ist mir keine Bagatelle.«

»Dies Wort drang ihm in die Natur,
So daß er schleunigst Beßrung schwur«...

zitierte Richard feierlich, faßte mich um den Kopf, rieb nach orientalischem Liebesbrauch seine Nasenspitze an der meinen und liebkoste mich, bis ich ärgerlich lachend mich ihm entzog; die Freundschaft aber war wieder heil.

In meiner Mansarde lagen in entlehnten, oft kostbaren Bänden die modernen Philosophen, Dichter und Kritiker, literarische Revuen aus Deutschland und Frankreich, neue Theaterstücke, Pariser Feuilletons und Wiener Modeästheten. Ernster und liebevoller als mit diesen rasch gelesenen Sachen beschäftigte ich mich mit meinen altitalienischen Novellisten und mit historischen Studien. Mein Wunsch war, baldmöglichst die Philologie beiseitezulegen und einzig Geschichte zu studieren. Neben Werken über Gesamtgeschichte und historische Methode las ich namentlich Quellen und Monographien über die Zeit des Spätmittelalters in Italien und Frankreich. Dabei lernte ich zum erstenmal meinen

Liebling unter den Menschen, Franz von Assisi, den seligsten und göttlichsten aller Heiligen, genauer kennen. Und so ward mein Traum, in dem ich die Fülle des Lebens und Geistes vor mir eröffnet gesehen hatte, täglich wahr und erwärmte mir das Herz mit Ehrgeiz, Freude und Jugendeitelkeit. Im Hörsaal nahm mich die ernste, etwas herbe und gelegentlich etwas langweilige Wissenschaft in Anspruch. Zu Hause kehrte ich bei den heimelig frommen oder schauerlichen Geschichten des Mittelalters oder bei den behaglichen alten Novellisten ein, deren schöne und wohlige Welt mich wie ein schattiger, dämmernder Märchenwinkel umschloß, oder ich fühlte die wilde Woge moderner Ideale und Leidenschaften über mich weg rollen. Dazwischen hörte ich Musik, lachte mit Richard, nahm an den Zusammenkünften seiner Freunde teil, verkehrte mit Franzosen, Deutschen, Russen, hörte sonderbare moderne Bücher vorlesen, trat da und dort in die Ateliers der Maler oder wohnte Abendgesellschaften bei, in denen eine Menge aufgeregter und unklarer junger Geister erschien und mich wie ein phantastischer Karneval umgab.

Eines Sonntags besuchte Richard mit mir eine kleine Ausstellung neuer Gemälde. Mein Freund blieb vor einem Bilde stehen, das eine Alp mit ein paar Ziegen vorstellte. Es war fleißig und nett gemalt, aber ein wenig altmodisch und eigentlich ohne rechten künstlerischen Kern. Man sieht in jedem beliebigen Salon genug solche hübsche, wenig bedeutende Bildchen. Immerhin erfreute es mich als eine ziemlich treue Darstellung der heimatlichen Almen. Ich fragte Richard, was ihn denn an dem Bildchen anziehe.

»Das hier«, sagte er und deutete auf den Malernamen in der Ecke. Ich konnte die rotbraunen Buchstaben nicht entziffern. »Das Bild«, sagte Richard, »ist keine große Leistung. Es gibt schönere. Aber es gibt keine schönere Malerin als die, die das gemacht hat. Sie heißt Erminia Aglietti, und wenn du willst, können wir morgen zu ihr gehen und ihr sagen, sie sei eine große Malerin.«

»Kennst du sie?«

»Jawohl. Wenn ihre Bilder so schön wären wie sie selber, dann wäre sie schon lange reich und würde keine mehr malen. Sie tut es nämlich ohne Lust und nur, weil sie zufällig nichts anderes gelernt hat, wovon sie leben könnte.«

Richard vergaß die Sache wieder und kam erst ein paar Wochen später darauf zurück.

»Ich bin gestern der Aglietti begegnet. Wir wollten sie ja eigentlich neulich besuchen. Also komm! Du hast doch einen reinen Kragen? Sie sieht nämlich darauf.«

Der Kragen war rein, und wir gingen zusammen zur Aglietti, ich mit einigem inneren Widerstreben, denn der freie, etwas burschikose Verkehr Richards und seiner Kameraden mit Malweibern und Studentinnen hatte mir nie gefallen. Die Männer waren dabei ziemlich rücksichtslos, bald grob, bald ironisch; die Mädchen aber waren praktisch, klug und gerissen, und nirgends war etwas von dem verklärenden Duft zu merken, in welchem ich die Frauen gerne sah und verehrte.

Etwas befangen trat ich in das Atelier. Mit der Luft der Malerwerkstätten war ich zwar wohl vertraut, doch betrat ich jetzt zum erstenmal ein Frauenatelier. Es sah recht nüchtern und sehr ordentlich aus. Drei oder vier fertige Bilder hingen im Rahmen, eines stand noch kaum ganz untermalt auf der Staffelei. Den Rest der Wände bedeckten sehr saubere, appetitlich aussehende Bleistiftskizzen und ein halbleerer Bücherschrank. Die Malerin nahm unsre Begrüßung kühl entgegen. Sie legte den Pinsel weg und lehnte sich im Malschurz gegen den Schrank, und es sah aus, als verlöre sie nicht gerne viel Zeit an uns.

Richard machte ihr ungeheuerliche Komplimente über das ausgestellte Bild. Sie lachte ihn aus und verbat es sich.

»Aber Fräulein, ich konnte ja im Sinn haben, das Bild zu kaufen. Übrigens sind die Kühe darauf von einer Wahrheit –«

»Es sind ja Ziegen«, sagte sie ruhig.

»Ziegen? Natürlich Ziegen! Von einem Studium, wollte

ich sagen, das mich verblüfft hat. Es sind Ziegen, wie sie leben, so recht ziegenmäßig. Fragen Sie meinen Freund Camenzind, der selbst ein Sohn der Berge ist; er wird mir recht geben.«

Hier fühlte ich, während ich verlegen und belustigt dem Geschwätz zuhörte, mich vom Blick der Malerin überflogen und gemustert. Sie sah mich lange und unbefangen an.

»Sie sind Oberländer?«

»Ja, Fräulein.«

»Man sieht es. Nun, und was halten Sie von meinen Ziegen?«

»Oh, sie sind gewiß sehr gut. Wenigstens hab ich sie nicht für Kühe gehalten wie Richard.«

»Sehr gütig. Sie sind Musiker?«

»Nein, Student.«

Weiter sprach sie kein Wort mit mir, und ich fand nun Ruhe, sie zu betrachten. Die Gestalt war durch den langen Schurz verdeckt und entstellt, und das Gesicht erschien mir nicht schön. Der Schnitt war scharf und knapp, die Augen ein wenig streng, das Haar reich, schwarz und weich; was mich störte und fast abstieß, war die Farbe des Gesichts. Sie erinnerte mich schlechterdings an Gorgonzola, und ich wäre nicht erstaunt gewesen, grüne Ritzen darin zu finden. Ich hatte noch nie diese welsche Blässe gesehen, und jetzt, im ungünstigen morgendlichen Atelierlicht, sah sie erschreckend steinern aus – nicht wie Marmor, sondern wie ein verwitternder, sehr gebleichter Stein. Ich war auch nicht gewohnt, ein Frauengesicht auf seine Formen zu prüfen, sondern pflegte in solchen noch in etwas knabenhafter Weise mehr nach Schmelz, nach Rosigem, nach Liebreiz zu suchen.

Auch Richard war vom heutigen Besuch verstimmt. Desto mehr war ich erstaunt oder eigentlich erschrocken, als er mir nach einiger Zeit mitteilte, die Aglietti wäre froh, mich zeichnen zu dürfen. Es handle sich nur um ein paar Skizzen, das Gesicht brauche sie nicht, aber meine breite Figur habe etwas Typisches.

Ehe weiter hiervon die Rede war, kam ein anderes kleines Ereignis, das mein ganzes Leben geändert und für Jahre meine Zukunft bestimmt hat. Eines Morgens, da ich erwachte, war ich Schriftsteller geworden.

Auf das Drängen Richards hatte ich, rein als Stilübungen, gelegentlich Typen aus unsrem Kreis, kleine Erlebnisse, Gespräche und anderes skizzenhaft und möglichst treu dargestellt, auch einige Essays über Literarisches und Historisches geschrieben.

Eines Morgens nun, ich lag noch im Bette, trat Richard bei mir ein und legte fünfunddreißig Franken auf meine Bettdecke. »Das gehört dir«, sagte er im Geschäftston. Endlich, als ich im Fragen alle Vermutungen erschöpft hatte, zog er ein Zeitungsblatt aus der Tasche und zeigte mir darin eine meiner kleinen Novellen abgedruckt. Er hatte mehrere meiner Manuskripte abgeschrieben, einem ihm befreundeten Redakteur gebracht und in aller Stille für mich verkauft. Das erste, was gedruckt war, samt dem Honorar dafür, hielt ich nun in Händen.

Mir war nie so sonderbar zumut. Eigentlich ärgerte ich mich über Richards Vorsehungspielen, aber der süße erste Schreiberstolz und das schöne Geld und der Gedanke an einen etwaigen kleinen Literatenruhm war doch stärker und überwog schließlich.

In einem Café brachte mich mein Freund mit dem Redakteur zusammen. Er bat, die ihm von Richard gezeigten anderen Arbeiten behalten zu dürfen, und lud mich ein, ihm je und je neue zu schicken. Es sei ein eigener Ton in meinen Sachen, besonders in den historischen, deren er gerne mehr bekomme und die er mir ordentlich bezahlen wolle. Nun sah ich erst die Wichtigkeit der Sache. Ich würde nicht nur täglich ordentlich essen und meine kleinen Schulden bezahlen, sondern auch das Zwangsstudium wegwerfen und vielleicht in Bälde, auf meinem Lieblingsfelde arbeitend, ganz vom eigenen Erwerbe leben können.

Einstweilen bekam ich von jenem Redakteur einen Stoß

neuer Bücher zum Rezensieren ins Haus geschickt. Ich fraß mich durch und hatte wochenlang damit zu tun; da aber die Honorare erst zu Ende des Quartals fällig waren und ich in Aussicht auf dieselben besser als sonst gelebt hatte, sah ich mich eines Tages der letzten Rappen ledig und konnte wieder einmal eine Hungerkur antreten. Ein paar Tage hielt ich bei Brot und Kaffee in meiner Bude aus, dann trieb mich der Hunger in eine Speisehalle. Ich nahm drei von den Rezensionsbänden mit, um sie als Pfand für die Zeche dort zu lassen. Beim Antiquar hatte ich sie schon vergeblich anzubringen versucht. Das Essen war vorzüglich, beim schwarzen Kaffee aber ward mir etwas ängstlich ums Herz. Zaghaft gestand ich der Kellnerin, ich hätte kein Geld, wolle aber die Bücher als Pfand dalassen. Sie nahm eines davon, einen Band Gedichte, in die Hand, blätterte neugierig darin herum und fragte, ob sie das lesen dürfe. Sie lese so gern, könne aber nie zu Büchern kommen. Ich fühlte, daß ich gerettet sei, und schlug ihr vor, die drei Bändchen an Zahlungs Statt für das Essen zu behalten. Sie ging darauf ein und hat mir nach und nach für fünfzehn Franken Bücher auf diese Weise abgenommen. Für kleinere Gedichtbände beanspruchte ich etwa einen Käse mit Brot, für Romane dasselbe mit Wein, einzelne Novellen galten nur eine Tasse Kaffee mit Brot. Soweit ich mich erinnere, waren es meist geringe Sachen in krampfhaft neumodischem Stil, und das gutmütige Mädchen mag von der modernen deutschen Literatur einen sonderbaren Eindruck erhalten haben. Ich erinnere mich mit Vergnügen an jene Vormittage, da ich im Schweiß meines Angesichts schnell noch einen Band im Galopp zu Ende las und ein paar Zeilen darüber schrieb, um ihn zur Mittagszeit fertig zu haben und etwas Eßbares dafür erhalten zu können. Vor Richard suchte ich meine Geldnöte sorgfältig zu verbergen, da ich mich unnötigerweise ihrer schämte und seine Hilfe nur ungern und stets nur für ganz kurze Fristen annehmen mochte.

Für einen Dichter hielt ich mich nicht. Was ich gelegentlich schrieb, war Feuilleton, nicht Dichtung. Im stillen trug ich aber die geheimgehaltene Hoffnung, es werde mir eines Tages gegeben werden, eine Dichtung zu schaffen, ein großes, kühnes Lied der Sehnsucht und des Lebens.

Der fröhlich klare Spiegel meiner Seele wurde zuweilen von einer Art von Schwermut verschattet, doch einstweilen nicht ernstlich gestört. Sie kam zuweilen für einen Tag oder eine Nacht, als eine träumende, einsiedlerische Trauer, verschwand wieder spurlos und kehrte nach Wochen oder Monaten zurück. Ich ward an sie allmählich wie an eine vertraute Freundin gewöhnt und empfand sie nicht quälend, sondern nur als ein unruhiges Müdesein, das seine eigene Süßigkeit hatte. Wenn sie mich nachts befiel, lag ich statt zu schlafen stundenlang im Fenster, sah den schwarzen See, die auf den bleichen Himmel gezeichneten Silhouetten der Berge und darüber die schönen Sterne. Dann ergriff mich oft ein ängstlich süßes, starkes Gefühl, als sähe all diese nächtige Schönheit mich mit einem gerechten Vorwurf an. Als sehnten sich Sterne, Berge und See nach Einem, der ihre Schönheit und das Leiden ihres stummen Daseins verstünde und ausspräche, und als wäre ich dieser Eine und als wäre dies mein wahrer Beruf, der stummen Natur in Dichtungen Ausdruck zu gewähren. Auf welche Weise das möglich wäre, darüber dachte ich niemals nach, sondern fühlte nur die schöne, ernste Nacht ungeduldig in stummem Verlangen auf mich warten. Auch schrieb ich nie etwas in solcher Stimmung. Doch spürte ich gegen diese dunklen Stimmen ein Gefühl der Verantwortung und trat gewöhnlich nach solchen Nächten mehrtägige einsame Fußwanderungen an. Es schien mir, ich könnte damit der Erde, die sich in stummem Flehen mir anbot, ein wenig Liebe erweisen, über welche Vorstellung ich dann selbst wieder lachte. Diese Wanderungen wurden eine Grundlage meines späteren Lebens; einen großen Teil der seitherigen Jahre habe ich als Wanderer verbracht, auf wochen- und monatelangen Touren durch mehrere Länder. Ich gewöhnte mich daran, mit wenig Geld und einem Stück Brot in der Tasche weit zu marschieren, tagelang einsam unterwegs zu sein und häufig im Freien zu nächtigen.

Die Malerin hatte ich über der Schriftstellerei ganz vergessen. Da kam ein Zettel von ihr: »Ein paar Freunde und Freundinnen werden am Donnerstag zum Tee bei mir sein. Bitte kommen Sie auch, und bringen Sie Ihren Freund mit.«

Wir gingen hin und fanden eine kleine Künstlerkolonie beisammen. Es waren fast lauter Unberühmte, Vergessene, Erfolglose, was für mich etwas Rührendes hatte, obwohl alle ganz zufrieden und fidel schienen. Man bekam Tee, Butterbrot, Schinken und Salat. Da ich keine Bekannten dort fand und ohnehin nicht gesprächig war, gab ich meinem Hunger nach und aß etwa eine halbe Stunde lang still und ausdauernd, während die andern nur erst Tee nippten und schwatzten. Als diese nun, einer um den andern, auch ein wenig zugreifen wollten, zeigte es sich, daß ich fast den ganzen Schinkenvorrat allein verzehrt hatte. Ich war des trüglichen Glaubens gewesen, es stehe mindestens noch eine zweite Platte in Reserve. Da man nun leise lachte und ich einige ironische Blicke einheimste, wurde ich wütend und verwünschte die Italienerin samt ihrem Schinken. Ich stand auf und entschuldigte mich kurz bei ihr, erklärte, ein andermal mein Abendessen selber mitbringen zu wollen und griff nach meinem Hütlein.

Da nahm die Aglietti mir den Hut aus der Hand, sah mich erstaunt und ruhig an und bat mich ernstlich dazubleiben. Auf ihr Gesicht fiel das Licht einer Stehlampe, durch den Florschirm gemäßigt, und da sah ich mitten im Ärger mit plötzlich begreifendem Auge die wunderbare, reife Schönheit dieser Frau. Ich erschien mir auf einmal sehr unartig und dumm und nahm wie ein gemaßregelter Schuljunge in einer abseitigen Ecke Platz. Dort blieb ich sitzen und blätterte in einem Album vom Comer See. Die andern tranken Tee, gingen hin und her, lachten und redeten durcheinander, und irgendwo im Hintergrund hörte man Geigen und ein Cello stimmen. Ein Vorhang wurde zurückgeschlagen, und man sah vier junge Leute vor improvisierten Pulten sitzen, bereit, ein Streichquartett aufzuführen. In diesem Augenblicke trat die Malerin zu mir, stellte eine Tasse Tee vor mir aufs Tischchen, nickte mir gütig zu und nahm neben mir Platz. Das Quartett begann und dauerte lang, aber ich hörte nichts davon, sondern staunte mit runden Augen die schlanke, feine, schöngekleidete Dame an, an deren Schönheit ich gezweifelt und deren Vorräte ich aufgegessen hatte. Mit Freude und Angst erinnerte ich mich daran, daß sie mich hatte zeichnen wollen. Dann dachte ich an Rösi Girtanner, an die Besteigung der Alpenrosenwand, an die Geschichte der Schneekönigin, die mir jetzt alle nur wie eine Vorbereitung auf diesen heutigen Augenblick erschienen.

Als die Musik zu Ende war, ging die Malerin nicht, wie ich gefürchtet hatte, wieder weg, sondern blieb ruhig sitzen und fing mit mir zu plaudern an. Sie gratulierte mir zu einer Novelle, die sie in der Zeitung gesehen hatte. Sie scherzte über Richard, um den sich ein paar junge Mädchen drängten und dessen sorgloses Gelächter zuweilen alle anderen Stimmen überklang. Dann bat sie wieder, mich zeichnen zu dürfen. Da hatte ich einen Einfall. Unvermittelt führte ich das Gespräch italienisch fort und erntete dafür nicht nur einen fröhlich überraschten Blick ihrer lebhaften Südländeraugen, sondern hatte den köstlichen Genuß, sie ihre Sprache reden zu hören, die Sprache, die ihrem Mund und ihren Augen und ihrer Gestalt entsprach, die wohllaute, elegante, raschfließende lingua Toscana mit einem entzückenden, leichten Anflug von Tessinerwelsch. Ich selbst sprach weder schön noch fließend, doch störte es mich nicht. Andern Tags sollte ich kommen, um von ihr gezeichnet zu werden.

»A rivederla«, sagte ich beim Abschied und verbeugte mich, so tief ich konnte.

»A rivederci domani«, lächelte sie und nickte.

Von ihrem Hause weg schritt ich immerzu weiter, bis die Straße einen Hügelkamm erreichte und plötzlich das dunkle Land schön und nächtig vor mir ruhte. Ein einzelnes Boot mit roter Laterne strich über den See und warf ein paar flakkernde Scharlachstreifen auf das schwarze Wasser, aus welchem sonst nur da und dort ein vereinzelter schmaler Wellenkamm mit dünnem, silberfahlem Umriß hervortrat. In einem nahen Garten war Mandolinenspiel und Gelächter. Der Himmel war fast zur Hälfte verhangen, und über die Hügel lief ein starker, warmer Wind.

Und wie der Wind die Äste der Obstbäume und die schwarzen Kronen der Kastanien liebkoste, bestürmte und beugte, daß sie stöhnten und lachten und zitterten, so spielte mit mir die Leidenschaft. Auf dem Kamm des Hügels kniete ich, legte mich auf die Erde, sprang auf und stöhnte, stampfte den Boden, warf den Hut von mir, wühlte mit dem Gesicht im Gras, rüttelte an den Baumstämmen, weinte, lachte, schluchzte, tobte, schämte mich, war selig und todbeklommen. Nach einer Stunde war alles in mir abgespannt und in einer trüben Schwüle erstickt. Ich dachte nichts, beschloß nichts, fühlte nichts; traumwandelnd stieg ich den Hügel hinab, schweifte durch die halbe Stadt, sah in einer abgelegenen Straße noch eine späte kleine Schenke offen, trat willenlos ein, trank zwei Liter Waadtländer und kam gegen Morgen schauderhaft betrunken nach Hause.

Am folgenden Nachmittag war Fräulein Aglietti ganz erschrocken, als ich zu ihr kam.

»Was ist mit Ihnen? Sind Sie krank? Sie sehen ja ganz zerstört aus.«

»Nichts von Belang«, sagte ich. »Mir scheint, ich war heute nacht sehr betrunken, das ist alles. Bitte beginnen Sie nur!«

Ich ward auf einen Stuhl gesetzt und gebeten, mich ruhig zu halten. Das tat ich auch, denn ich schlummerte in Bälde ein und habe jenen ganzen Nachmittag im Atelier verschlafen. Es kam vermutlich vom Terpentingeruch der Malerwerkstätte, daß ich träumte, unser Nachen zu Haus werde frisch gestrichen. Ich lag im Kies daneben und sah meinen Vater mit Topf und Pinsel hantieren; auch die Mutter war da, und als ich sie fragte, ob sie denn nicht gestorben sei, sagte sie leise: »Nein, denn wenn ich nicht da wäre, würdest du am Ende der gleiche Lump werden wie dein Papa.«

Als ich erwachte, fiel ich vom Stuhl und fand mich mit Erstaunen in die Werkstatt der Erminia Aglietti versetzt. Sie selbst sah ich nicht, hörte sie aber im Nebenstüblein mit Tassen und Besteck klappern und schloß daraus, daß es Abendessenszeit sein müsse.

»Sind Sie wach?« rief sie herüber.

»Jawohl. Hab ich lang geschlafen?«

»Vier Stunden. Schämen Sie sich nicht?«

»O doch. Aber ich hatte einen so schönen Traum.«

»Erzählen Sie!«

»Ja, wenn Sie herauskommen und mir verzeihen.«

Sie kam heraus, doch wollte sie mit der Verzeihung noch warten, bis ich meinen Traum erzählt hätte. Also erzählte ich, und über dem Traumerzählen geriet ich tief in die vergessene Kinderzeit hinein, und als ich schwieg und es schon völlig dunkel geworden war, hatte ich ihr und mir selber meine ganze Kindheitsgeschichte erzählt. Sie gab mir die Hand, strich mir den zerknitterten Rock zurecht, lud mich ein, morgen wieder zum Zeichnen zu kommen, und ich fühlte, daß sie auch meine heutige Unart begriffen und verziehen habe.

In den nächsten Tagen saß ich ihr Stunde um Stunde. Es wurde dabei fast gar nichts gesprochen, ich saß oder stand ruhig und wie verzaubert da, hörte den weichen Strich der Zeichenkohle, sog den leichten Ölfarbegeruch ein und hatte keine andere Empfindung, als daß ich in der Nähe der von mir geliebten Frau war und ihren Blick beständig auf mir ruhen wußte. Das weiße Atelierlicht floß an den Wänden hin, ein paar schläfrige Fliegen sumsten an den Scheiben, und nebenan im Stübchen sang die Spiritusflamme, denn ich bekam nach jeder Sitzung eine Tasse Kaffee serviert.

Zu Hause dachte ich oft über Erminia nach. Es berührte oder verminderte meine Leidenschaft gar nicht, daß ich ihre Kunst nicht verehren konnte. Sie selbst war so schön, gütig, klar und sicher; was gingen mich ihre Bilder an? Ich fand vielmehr in ihrer fleißigen Arbeit etwas Heroisches. Die Frau im Kampf ums Leben, eine stille, duldende und tapfere Heldin. Übrigens gibt es nichts Erfolgloseres als das Nachdenken über jemand, den man liebt. Solche Gedankengänge sind wie gewisse Volks- und Soldatenlieder, worin tausenderlei Dinge vorkommen, der Refrain aber hartnäckig wiederkehrt, auch wo er durchaus nicht paßt.

So ist denn auch das Bild der schönen Italienerin, das ich im Gedächtnis trage, zwar nicht unklar, aber doch ohne die vielen kleinen Linien und Züge, die man an Fremden oft viel besser sieht als an Nahestehenden. Ich weiß nicht mehr, welche Frisur sie trug, wie sie sich kleidete und so weiter, nicht einmal, ob sie eigentlich groß oder klein von Gestalt war. Wenn ich an sie denke, sehe ich einen dunkelhaarigen, edel geformten Frauenkopf, ein Paar scharfblickende, nicht sehr große Augen in einem bleichen, lebendigen Gesicht und einen vollendet schön geschwungenen, schmalen Mund von herber Reife. Wenn ich an sie denke und an jene ganze verliebte Zeit, dann erinnere ich mich stets nur jenes Abends auf dem Hügel, wo der warme Wind seeüber wogte und wo ich weinte, jubelte und berserkerte. Und eines anderen Abends, von dem ich nun erzählen will.

Mir war klargeworden, daß ich der Malerin irgendwie Geständnisse machen und um sie werben müsse. Wäre sie mir fern gestanden, so hätte ich sie ruhig weiterhin verehrt und verschwiegene Schmerzen um sie gelitten. Aber sie fast täglich zu sehen, mit ihr zu reden, ihr die Hand zu geben und ihr Haus zu betreten, stets mit dem Stachel im Herzen, hielt ich nicht lange aus.

Es ward ein kleines Sommerfest von Künstlern und ihren Freunden veranstaltet. Es war am See, in einem hübschen Garten, ein reifer, weichlich lauer Hochsommerabend. Wir tranken Wein und Eiswasser, hörten der Musik zu und betrachteten die roten Papierlampen, die in langen Girlanden zwischen den Bäumen hingen. Es wurde geplaudert, gespottet, gelacht und schließlich gesungen. Irgendein lausiger Malerjüngling spielte den Romantischen, trug ein kühnes Barett, lag rücklings am Geländer hingestreckt und tändelte mit einer langhalsigen Gitarre. Die paar bedeutenderen Künstler fehlten entweder oder saßen ungesehen im Kreise der Älteren beiseite. Von den Frauenzimmern waren ein paar jüngere in lichten Sommerkleidern erschienen, die andern trieben sich in den gewohnten saloppen Kostümen herum. Namentlich fiel mir eine ältere, häßliche Studentin widerlich auf, sie trug einen Männerstrohhut auf den verschnittenen Haaren, rauchte Zigarren, trank tüchtig Wein und sprach laut und viel. Richard war wie gewöhnlich bei den jungen Mädchen. Ich war trotz aller Erregung kühl, trank wenig und wartete auf die Aglietti, die mir versprochen hatte, sich heute von mir rudern zu lassen. Sie kam denn auch, schenkte mir ein paar Blumen und stieg mit mir in den kleinen Nachen.

Der See war glatt wie Öl und nächtig farblos. Ich trieb den leichten Nachen rasch in die stille Seebreite weit hinaus und sah immerfort mir gegenüber die schlanke Frau bequem und zufrieden im Steuersitz lehnen. Der hohe Himmel war noch blau und trieb langsam einen matten Stern um den andern hervor, am Ufer war da und dort Musik und Gartenlustbarkeit. Mit leisem Gurgeln nahm das träge Wasser die Ruder auf, andere Boote schwammen da und dort dunkel und kaum mehr sichtbar auf der stillen Fläche, ich achtete aber wenig darauf, sondern hing mit unverwandten Blicken an der Steuerin und trug meine geplante Liebeserklärung wie einen schweren Eisenring ums bange Herz. Das Schöne und Poetische der ganzen abendlichen Szenerie, das Sitzen im Kahn, die Sterne, der laue, ruhige See und alles das beängstigte mich, denn es kam mir vor wie eine schöne Theaterdekoration, in deren Mitte ich eine sentimentale Szene agieren müsse. In meiner Angst und beklemmt durch die tiefe Stille, denn wir schwiegen beide, ruderte ich mit Macht drauflos.

»Wie stark Sie sind!« sagte die Malerin nachdenklich.

»Meinen Sie dick?« fragte ich.

»Nein, ich meine die Muskeln«, lachte sie.

»Ja, stark bin ich schon.«

Dies war kein geeigneter Anfang. Traurig und ärgerlich ruderte ich weiter. Nach einer Weile bat ich sie, mir etwas aus ihrem Leben zu erzählen.

»Was möchten Sie denn hören?«

»Alles«, sagte ich. »Am liebsten eine Liebesgeschichte. Dann erzähle ich Ihnen nachher auch eine von mir, meine einzige. Sie ist sehr kurz und schön und wird Sie amüsieren.«

»Was Sie sagen! Erzählen Sie doch!«

»Nein, erst Sie! Sie wissen ohnehin schon viel mehr von mir als ich von Ihnen. Ich möchte wissen, ob Sie jemals richtig verliebt waren oder ob Sie, wie ich fürchte, dafür viel zu klug und hochmütig sind.«

Erminia besann sich eine Weile.

»Das ist wieder eine von Ihren romantischen Ideen«, sagte sie, »sich hier in der Nacht auf dem schwarzen Wasser von einer Frau Geschichten erzählen zu lassen. Ich kann das aber leider nicht. Ihr Dichter seid gewöhnt, für alles Hübsche Worte zu haben und denen, die weniger von ihren Empfindungen reden, gleich gar kein Herz zuzutrauen. In mir haben Sie sich getäuscht, denn ich glaube nicht, daß man heftiger und stärker lieben kann, als ich es tue. Ich liebe einen Mann, der an eine andere Frau gebunden ist, und er liebt mich nicht weniger; doch wissen wir beide nicht, ob es je möglich sein wird, daß wir zusammenkommen. Wir schreiben uns, und wir treffen uns auch zuweilen...«

»Darf ich Sie fragen, ob diese Liebe Sie glücklich macht, oder elend, oder beides?«

»Ach, die Liebe ist nicht da, um uns glücklich zu machen. Ich glaube, sie ist da, um uns zu zeigen, wie stark wir im Leiden und Tragen sein können.«

Das verstand ich und konnte nicht hindern, daß mir etwas wie ein leises Stöhnen statt der Antwort vom Munde kam.

Sie hörte es.

»Ah«, sagte sie, »kennen Sie das auch schon? Sie sind noch

so jung! Wollen Sie mir nun auch beichten? Aber nur, wenn Sie wirklich wollen –«

»Ein andermal vielleicht, Fräulein Aglietti. Mir ist heute ohnehin windig zumut, und es tut mir leid, daß ich vielleicht auch Ihnen die Stimmung getrübt habe. Wollen wir umkehren?«

»Wie Sie wollen. Wie weit sind wir eigentlich?«

Ich gab keine Antwort mehr, sondern stemmte die Ruder rauschend gegen das Wasser, wendete und zog an, als wäre die Bise im Anzug. Das Boot strich eilig über die Fläche, und mitten in dem Wirbel von Jammer und Scham, der in mir kochte, fühlte ich, wie mir der Schweiß in großen Tropfen übers Gesicht lief, und fror zugleich. Wenn ich vollends daran dachte, wie nahe ich daran gewesen war, den knienden Bittsteller und mütterlichfreundlich abgewiesenen Liebhaber zu spielen, lief mir ein Schaudern durchs Mark. Das wenigstens war mir erspart geblieben, mit dem übrigen Jammer galt es nun sich abzufinden. Ich ruderte wie besessen heimwärts.

Das schöne Fräulein war einigermaßen befremdet, als ich am Ufer kurzen Abschied nahm und sie allein ließ.

Der See war so glatt, die Musik so fröhlich und die Papierlaternen so festlich rot wie zuvor, mir aber schien das alles jetzt dumm und lächerlich. Namentlich die Musik. Den Sammetrock, der noch immer seine Gitarre prahlerisch am breiten Seidenbande trug, hätte ich am liebsten zu Brei geschlagen. Und Feuerwerk stand auch noch bevor. Es war so kindisch!

Ich entlehnte von Richard ein paar Franken, setzte den Hut ins Genick und begann zu marschieren, vor die Stadt hinaus und weiter, eine Stunde um die andere, bis mich schläferte. Ich legte mich in eine Wiese, wachte aber nach einer Stunde taunaß, steif und fröstelnd wieder auf und ging ins nächste Dorf. Es war früh am Morgen. Kleeschnitter zogen durch die staubige Gasse, verschlafene Knechte glotzten aus den Stalltüren, bäuerliche Sommerarbeitsamkeit gab sich allerorten kund. Du hättest Bauer bleiben sollen, sagte ich mir, strich beschämt durchs Dorf und lief ermüdet weiter, bis die erste Sonnenwärme mir eine Rast erlaubte. Am Rand eines jungen Buchenstandes warf ich mich ins dürre Raingras und schlief in der warmen Sonne bis tief in den Spätnachmittag hinein. Als ich erwachte, den Kopf voll Wiesenduft und die Glieder so wohlig schwer, wie sie nur nach langem Liegen auf Gottes lieber Erde sind, da kam mir das Fest und die Bootfahrt und alles das fern, traurig und halbverklungen vor, wie ein vor Monaten gelesener Roman.

Ich blieb drei Tage fort, ließ mir die Sonne auf den Pelz brennen und überlegte mir, ob ich nicht in einem Strich heimwärts wandern und meinem Vater beim Öhmden helfen sollte.

Freilich war damit der Schmerz noch lange nicht abgetan. Nach meiner Rückkehr in die Stadt floh ich anfangs den Anblick der Malerin wie die Pest, doch ging das nicht lange an, und sooft sie mich später ansah und anredete, stieg mir das Elend in die Kehle.

4

Was meinem Vater seinerzeit nicht gelungen war, das gelang nun diesem Liebeselend. Es erzog mich zum Zecher.

Für mein Leben und Wesen war das wichtiger als irgend etwas von dem, was ich bisher erzählte. Der starke, süße Gott ward mir ein treuer Freund und ist es heute noch. Wer ist so mächtig wie er? Wer ist so schön, so phantastisch, schwärmerisch, fröhlich und schwermütig? Er ist ein Held und Zauberer. Er ist ein Verführer und Bruder des Eros. Er vermag Unmögliches; arme Menschenherzen füllt er mit schönen und wunderlichen Dichtungen. Er hat mich Einsiedler und Bauern zum König, Dichter und Weisen gemacht. Leer gewordene Lebenskähne belastet er mit neuen Schicksalen und treibt Gestrandete in die eilige Strömung des großen Lebens zurück.

So ist der Wein. Doch ist es mit ihm wie mit allen köstlichen Gaben und Künsten. Er will geliebt, gesucht, verstanden und mit Mühen gewonnen sein. Das können nicht viele, und er bringt tausend und tausend um. Er macht sie alt, er tötet sie oder löscht die Flamme des Geistes in ihnen aus. Seine Lieblinge aber lädt er zu Festen ein und baut ihnen Regenbogenbrücken zu seligen Inseln. Er legt, wenn sie müde sind, Kissen unter ihr Haupt und umfaßt sie, wenn sie der Traurigkeit zur Beute fallen, mit leiser und gütiger Umarmung wie ein Freund und wie eine tröstende Mutter. Er verwandelt die Wirrnis des Lebens in große Mythen und spielt auf mächtiger Harfe das Lied der Schöpfung.

Und wieder ist er ein Kind, hat lange seidige Locken und schmale Schultern und feine Glieder. Er lehnt sich dir ans Herz und reckt das schmale Gesicht zu deinem empor und sieht dich erstaunt und traumhaft aus lieben großen Augen an, in deren Tiefe Paradieserinnerung und unverlorene Gotteskindschaft feucht und glänzend wogt wie eine neugeborene Quelle im Wald.

Und der süße Gott gleicht auch einem Strom, der tief und rauschend eine Frühlingsnacht durchwandert. Und gleicht einem Meere, welches Sonne und Sturm auf kühler Woge wiegt.

Wenn er mit seinen Lieblingen redet, dann überrauscht sie schauernd und flutend die stürmende See der Geheimnisse, der Erinnerung, der Dichtung, der Ahnungen. Die bekannte Welt wird klein und geht verloren, und in banger Freude wirft sich die Seele in die straßenlose Weite des Unbekannten, wo alles fremd und alles vertraut ist und wo die Sprache der Musik, der Dichter und des Traumes gesprochen wird.

Nun, ich muß erst erzählen.

Es geschah, daß ich stundenlang selbstvergessen heiter sein konnte, studierte, schrieb und Richards Musik anhörte. Aber kein Tag ging ganz ohne Leid vorbei. Manchmal überfiel es mich nachts im Bette, daß ich stöhnte und mich bäumte und spät in Tränen entschlief. Oder erwachte es, wenn ich der

Aglietti begegnet war. Meistens aber kam es am Spätnachmittag, wenn die schönen, lauen, müdemachenden Sommerabende begannen. Dann ging ich an den See, nahm ein Boot, ruderte mich heiß und müde und fand es dann unmöglich, nach Hause zu gehen. Also in eine Kneipe oder in einen Wirtsgarten. Da probierte ich verschiedene Weine, trank und brütete und war manchmal am andern Tage halb krank. Dutzendemal überfiel mich dabei ein so schauderhaftes Elend und Ekelgefühl, daß ich beschloß, nie mehr zu trinken. Und dann ging ich wieder und trank. Allmählich unterschied ich die Weine und ihre Wirkung und genoß sie mit einer Art von Bewußtsein, im ganzen freilich noch naiv und roh genug. Schließlich fand ich am dunkelroten Veltliner einen Halt. Er schmeckte mir beim ersten Glas herb und erregend, dann verschleierte er mir die Gedanken bis zu einer stillen, stetigen Träumerei, und dann begann er zu zaubern, zu schaffen, selber zu dichten. Dann sah ich alle Landschaften, die mir je gefallen hatten, in köstlichen Beleuchtungen mich umgeben, und ich selbst wanderte darin, sang, träumte und fühlte ein erhöhtes, warmes Leben in mir kreisen. Und es endete mit einer überaus angenehmen Traurigkeit, als hörte ich Volkslieder geigen und als wüßte ich irgendwo ein großes Glück, dem ich vorbeigewandert wäre und das ich versäumt hätte.

Es kam von selbst so, daß ich allmählich selten mehr allein kneipte, sondern allerlei Gesellschaft fand. Sobald ich von Menschen umgeben war, wirkte der Wein anders auf mich. Dann wurde ich gesprächig, aber nicht erregt, sondern fühlte ein kühles sonderbares Fieber. Eine mir selbst bisher kaum bekannte Seite meines Wesens blühte über Nacht empor, doch gehörte sie weniger zu den Garten- und Zierblumen, als in die Gattung der Disteln und Nesseln. Zugleich nämlich mit der Beredsamkeit kam ein scharfer kühler Geist über mich, machte mich sicher, überlegen, kritisch und witzig. Waren Leute da, deren Gegenwart mich störte, so wurden sie bald fein und listig, bald grob und hartnäckig so lange aufgezogen und geärgert, bis sie gingen. Die Menschen überhaupt waren mir ja von Kind auf weder sonderlich lieb noch notwendig gewesen, nun begann ich sie kritisch und ironisch zu betrachten. Mit Vorliebe erfand und erzählte ich kleine Geschichten, in welchen die Verhältnisse der Menschen untereinander lieblos und mit scheinbarer Sachlichkeit satirisch dargestellt und bitter verhöhnt wurden. Woher dieser verächtliche Ton mir kam, wußte ich selber nicht, er brach wie eine reifende Schwäre aus meinem Wesen hervor, die ich lange Jahre nicht wieder los ward.

Saß ich dazwischen einmal einen Abend allein, dann träumte ich wieder von Bergen, Sternen und trauriger Musik.

In diesen Wochen schrieb ich eine Folge von Betrachtungen über Gesellschaft, Kultur und Kunst unserer Zeit, ein kleines giftiges Büchlein, dessen Wiege meine Wirtshausgespräche waren. Aus meinen ziemlich fleißig weiterbetriebenen historischen Studien kam mancherlei geschichtliches Material hinzu, welches meinen Satiren eine Art von solidem Hintergrunde gab.

Auf Grund dieser Arbeit erhielt ich bei einer größeren Zeitung den Rang eines ständigen Mitarbeiters, wovon ich nahezu leben konnte. Gleich darauf erschienen jene Skizzen auch als selbständiges Büchlein und hatten einigen Erfolg. Nun warf ich die Philologie vollends über Bord. Ich war nun schon in höheren Semestern, Beziehungen zu deutschen Zeitungen knüpften sich an und hoben mich aus der bisherigen Verborgenheit und Armseligkeit in den Kreis der Anerkannten empor. Ich verdiente mein Brot, verzichtete auf das lästige Stipendium und trieb mit vollen Segeln dem verächtlichen Leben eines kleinen Berufsliteraten entgegen.

Und trotz des Erfolges und meiner Eitelkeit, und trotz der Satiren und trotz meiner Liebesleiden lag über mir in Fröhlichkeit und Schwermut der warme Glanz der Jugend. Trotz aller Ironie und einer kleinen, harmlosen Blasiertheit sah ich in Träumen doch stets ein Ziel, ein Glück, eine Vollendung vor mir. Was es sein sollte, wußte ich nicht. Ich fühlte nur, das Leben müsse mir irgend einmal ein besonders lachendes Glück vor die Füße spülen, einen Ruhm, eine Liebe vielleicht, eine Befriedigung meiner Sehnsucht und eine Erhöhung meines Wesens. Ich war noch der Page, der von Edeldamen und Ritterschlag und großen Ehren träumt.

Ich glaubte im Beginn einer emporstrebenden Bahn zu stehen. Ich wußte nicht, daß alles bis jetzt Erlebte nur Zufälle waren und daß meinem Wesen und Leben noch der tiefe, eigene Grundton fehle. Ich wußte noch nicht, daß ich an einer Sehnsucht litt, welcher nicht Liebe noch Ruhm Grenze und Erfüllung sind.

Und so genoß ich meinen kleinen, etwas herben Ruhm mit aller Jugendlust. Es tat mir wohl, bei gutem Wein unter klugen und geistigen Menschen zu sitzen und, wenn ich zu reden begann, ihre Gesichter begierig und aufmerksam mir zugewendet zu sehen.

Zuweilen fiel mir auf, eine wie große Sehnsucht in allen diesen Seelen von heute nach Erlösung schrie und was für wunderliche Wege sie sie führte. An Gott zu glauben, galt für dumm und fast für unanständig, sonst aber wurde an vielerlei Lehren und Namen geglaubt, an Schopenhauer, an Buddha, an Zarathustra und viele andere. Es gab junge, namenlose Dichter, welche in stilvollen Wohnungen feierliche Andachten vor Statuen und Gemälden begingen. Sie hätten sich geschämt, sich vor Gott zu beugen, aber sie lagen auf Knien vor dem Zeus von Otrikoli. Es gab Asketen, die sich mit Enthaltsamkeit quälten und deren Toilette zum Himmel schrie. Ihr Gott hieß Tolstoi oder Buddha. Es gab Künstler, die sich durch wohlerwogene und abgestimmte Tapeten, Musik, Speisen, Weine, Parfüme oder Zigarren zu aparten Stimmungen anregten. Sie sprachen geläufig und mit erkünstelter Selbstverständlichkeit von musikalischen Linien, Farbenakkorden und ähnlichem und waren überall auf der Lauer nach der »persönlichen Note«, welche meist in irgendeiner kleinen, harmlosen Selbsttäuschung oder Verrücktheit bestand. Im Grunde war mir die ganze krampfhafte Komödie amüsant und lächerlich, doch fühlte ich oft mit sonderbarem Schauder, wieviel ernste Sehnsucht und echte Seelenkraft darin flammte und verloderte.

Von all den phantastisch einherschreitenden neumodischen Dichtern, Künstlern und Philosophen, die ich damals mit Erstaunen und Ergötzen kennenlernte, weiß ich keinen, aus dem etwas Notables geworden wäre. Es war unter ihnen ein mir gleichaltriger Norddeutscher, ein gefälliges Figürchen und ein zarter, lieber Mensch, delikat und sensibel in allem, was irgend künstlerische Dinge betraf. Er galt für einen der zukünftigen großen Dichter, und ich hörte ein paarmal Gedichte von ihm vorlesen, die meiner Erinnerung noch immer als etwas ungemein Duftiges, seelenvoll Schönes vorschweben. Vielleicht war er der einzige von uns allen, aus dem ein wirklicher Dichter hätte werden können. Zufällig erfuhr ich später einmal seine kurze Geschichte. Durch einen literarischen Mißerfolg scheu geworden, entzog sich der Überempfindliche aller Öffentlichkeit und fiel einem Lumpen von Mäzen in die Hände, der ihn, statt ihn anzuspornen und zur Vernunft zu bringen, schnell vollends zugrunde richtete. Auf den Villen des reichen Herrn trieb er mit dessen nervösen Damen ein fades Ästhetengeflunker, stieg in seiner Einbildung zum verkannten Heros und brachte sich, jämmerlich mißleitet, durch lauter Chopinmusik und präraffaelitische Ekstasen systematisch um den Verstand.

An dies halbflügge Volk seltsam gekleideter und frisierter Dichter und schöner Seelen kann ich mich nur mit Grauen und Mitleid erinnern, da ich erst nachträglich das Gefährliche dieses Umganges einsah. Nun, mich bewahrte mein Oberländer Bauerntum davor, an dem Tummel teilzunehmen.

Edler und beglückender aber als der Ruhm und der Wein und die Liebe und die Weisheit war meine Freundschaft. Sie war's schließlich allein, die meiner angeborenen Schwerlebigkeit aufhalf und meine Jugendjahre unverdorben frisch und morgenrot erhielt. Ich weiß auch heute in der Welt nichts Köstlicheres als eine ehrliche und tüchtige Freundschaft zwischen Männern, und wenn mich einmal an nachdenklichen Tagen etwas wie ein Jugendheimweh befällt, so ist es allein um meine Studentenfreundschaft.

Seit meiner Verliebtheit in Erminia hatte ich Richard ein wenig vernachlässigt. Es geschah im Anfang unbewußt, nach einigen Wochen aber schlug mir das Gewissen. Ich beichtete ihm, er entdeckte mir, daß er das ganze Unglück mit Bedauern habe kommen und wachsen sehen, und ich schloß mich ihm aufs neue herzlich und eifersüchtig an. Was ich damals etwa an heiteren und freien kleinen Lebenskünsten mir erwarb, kam alles von ihm. Er war schön und heiter an Leib und Seele, und das Leben schien für ihn keine Schatten zu haben. Die Leidenschaften und Irrungen der Zeit kannte er als kluger und beweglicher Mensch wohl, aber sie glitten ohne Schaden an ihm ab. Sein Gang und seine Sprache und sein ganzes Wesen war geschmeidig, wohllaut und liebenswert. Oh, wie er lachen konnte!

Für meine Weinstudien hatte er wenig Verständnis. Er ging gelegentlich mit, hatte jedoch nach zwei Gläsern genug und betrachtete meinen wesentlich größeren Konsum mit naivem Erstaunen. Aber wenn er sah, daß ich litt und hilflos meiner Schwermut unterlag, musizierte er mir, las mir vor oder führte mich spazieren. Auf unsern kleinen Ausflügen waren wir oft ausgelassen wie zwei kleine Knaben. Einmal lagen wir auf warmer Mittagsrast in einem waldigen Tal, warfen uns mit Tannenzapfen und sangen Verse aus der »Frommen Helene«, auf gefühlvolle Melodien. Der rasche, klare Bach plätscherte uns so lange kühl verlockend ins Ohr, bis wir uns entkleideten und uns ins kalte Wasser legten. Da kam er auf die Idee, Komödie zu spielen. Er setzte sich auf einen moosigen Felsen und war die Lorelei, und ich segelte unten als Schiffer im kleinen Schiffe vorüber. Dabei sah er so jungferlich schamhaft aus und schnitt solche Grimassen, daß ich, der ich das wilde Weh hätte markieren sollen, mich vor Lachen kaum halten konnte. Plötzlich wurden Stimmen laut, eine Touristengesellschaft erschien auf dem Fußweg, und wir mußten uns in unsrer Blöße eiligst unter dem ausgewaschenen, überhängenden Ufer verbergen. Als die ahnungslose Gesellschaft an uns vorüberschritt, stieß Richard allerlei seltsame Töne aus, grunzte, quietschte und fauchte. Die Leute stutzten, schauten um sich, stierten ins Wasser und waren nahe daran, uns zu entdecken. Da tauchte mein Freund mit halbem Leibe aus seinem Schlupfwinkel auf, blickte die indignierte Gesellschaft an und sprach mit tiefer Stimme und priesterlicher Gebärde: »Ziehet hin in Frieden!« Sogleich verschwand er wieder, zwickte mich in den Arm und sagte: »Auch das war eine Charade.«

»Was für eine?« fragte ich.

»Pan erschreckt einige Hirten«, lachte er. »Es waren aber leider Frauenzimmer dabei.«

Von meinen geschichtlichen Studien nahm er wenig Notiz. Meine fast verliebte Vorliebe für den heiligen Franz von Assisi aber teilte er bald, obschon er gelegentlich auch über ihn Witze machen konnte, die mich entrüsteten. Wir sahen den seligen Dulder freundlich begeistert und heiter wie ein liebes großes Kind durch die umbrische Landschaft wandern, seines Gottes froh und voll demütiger Liebe zu allen Menschen. Wir lasen zusammen seinen unsterblichen Sonnengesang und kannten ihn fast auswendig. Einst, als wir im Dampfboot über den See von einer Spazierfahrt zurückkehrten und der abendliche Wind das goldige Wasser bewegte, fragte er leise: »Du, wie sagt hier der Heilige?« Und ich zitierte:

»Laudato si, mosignore, per frate vento e per aere e nubilo e sereno et onne tempo!«

Wenn wir Streit bekamen und uns Schnödigkeiten sagten, warf er mir, immer halb im Scherz, nach Art der Schuljungen eine solche Menge von drolligen Übernamen an den Kopf, daß ich bald lachen mußte und dem Ärgernis der Stachel genommen war. Verhältnismäßig ernst war mein lieber Freund nur, wenn er seine Lieblingsmusiker hörte oder spielte. Auch dann konnte er sich unterbrechen, um irgendeinen Spaß zu machen. Dennoch war seine Liebe zur Kunst voll reiner, herzlicher Hingabe, und sein Gefühl für das Echte und Bedeutende schien mir untrüglich.

Wunderbar verstand er die feine, zarte Kunst des Tröstens, des teilnehmenden Dabeiseins oder des Erheiterns, wenn einer seiner Freunde in Nöten war. Er konnte mir, wenn er mich übellaunig fand, ganze Mengen kleiner anekdotischer Geschichten von grotesker Nettigkeit erzählen und hatte dann etwas Beruhigendes und Erheiterndes im Ton, dem ich selten widerstand.

Vor mir hatte er ein wenig Respekt, weil ich ernster war als er; noch mehr imponierte ihm meine Körperkraft. Vor andern renommierte er damit und war stolz, einen Freund zu haben, der ihn einhändig hätte erdrücken können. Er gab viel auf körperliche Fähigkeiten und Gewandtheit, er lehrte mich Tennis, ruderte und schwamm mit mir, nahm mich zum Reiten mit und ruhte nicht, bis ich fast ebenso gut Billard spielte wie er selbst. Es war sein Lieblingsspiel, und er betrieb es nicht nur künstlerisch und meisterhaft, sondern pflegte am Billard auch immer besonders lebhaft, witzig und fröhlich zu sein. Häufig gab er den drei Bällen die Namen von Leuten unsrer Bekanntschaft, und konstruierte bei jedem Stoß aus Stellung, Annäherung und Entfernung der Bälle ganze Romane voll von Witzen, Anzüglichkeiten und karikierenden Vergleichen. Dabei spielte er ruhig, leicht und überaus elegant, und es war eine Lust, ihn dabei zu betrachten.

Meine Schriftstellerei schätzte er nicht höher als ich selbst. Einmal sagte er mir: »Sieh, ich hielt dich immer für einen Dichter und halte dich noch dafür, aber nicht deiner Feuilletons wegen, sondern weil ich fühle, daß du etwas Schönes und Tiefes in dir leben hast, das früher oder später einmal hervorbrechen wird. Und das wird dann eine wirkliche Dichtung sein.«

Indessen glitten uns die Semester wie kleine Münzen durch die Finger, und die Zeit kam unverhofft, da Richard an die Rückkehr nach seiner Heimat denken mußte. Mit einer etwas künstlichen Ausgelassenheit genossen wir die schwindenden Wochen und kamen am Ende überein, daß vor dem bitteren Abschied noch irgendeine glänzende und festliche Unternehmung diese schönen Jahre heiter und verheißungsvoll beschließen sollte. Ich schlug eine Ferientour in die Berner Alpen vor, doch war es freilich noch Vorfrühling, und für die Berge eigentlich viel zu früh. Während ich mir den Kopf nach anderen Vorschlägen zerbrach, schrieb Richard seinem Vater und bereitete mir in der Stille eine große und freudige Überraschung vor. Eines Tages kam er mit einem stattlichen Wechsel angerückt und lud mich ein, ihn als Führer nach Oberitalien zu begleiten.

Mir schlug bang und frohlockend das Herz. Ein seit Knabenzeiten gehegter, tausendmal durchgeträumter, sehnlicher Lieblingswunsch sollte sich mir erfüllen. Wie im Fieber besorgte ich meine kleinen Vorbereitungen, brachte meinem Freund noch ein paar Worte Italienisch bei und fürchtete bis zum letzten Tag, es möchte doch nichts daraus werden.

Unser Gepäck war vorausgeschickt, wir saßen im Wagen, die grünen Felder und Hügel flirrten vorüber, der Urner See und der Gotthard kam, dann die Bergnester und Bäche und Geröllhalden und Schneegipfel des Tessin, und dann die ersten schwärzlichen Steinhäuser in ebenen Weinbergen und die erwartungsvolle Fahrt an den Seen hin und durch die fruchtbare Lombardei dem lärmend lebhaften, sonderbar anziehenden und abstoßenden Mailand entgegen.

Richard hatte sich vom Milaneser Dom nie eine Vorstellung gemacht, sondern von ihm nur als von einem berühmten großen Bauwerk gewußt. Es war ergötzlich, seine entrüstete Enttäuschung zu sehen. Als er den ersten Schreck überwunden und seinen Humor wiedergefunden hatte, schlug er selber vor, das Dach zu besteigen und sich in dem tollen Wirrsal von Steinfiguren dort oben umherzutreiben. Wir stellten mit einiger Befriedigung fest, daß es um die Hunderte von unseligen Heiligenstatuen auf den Fialen nicht so sehr schade sei, denn sie erwiesen sich zumeist, wenigstens sämtliche neuern, als Fabrikarbeit gewöhnlicher Art. Wir lagen fast zwei Stunden auf den breiten, schrägen Marmorplatten, die ein sonniger Apriltag leise durchglüht hatte. Behaglich gestand mir Richard: »Weißt du, im Grunde hab ich nichts dagegen, noch mehr solche Enttäuschungen zu erleben, wie mit dem verrückten Dom da. Auf der ganzen Reise hatte ich eine kleine Angst vor all den Großartigkeiten, die wir sehen, und die uns er drücken würden. Und nun fängt die Sache so freundlich und menschlich-lächerlich an!« Dann reizte ihn das wirre, steinerne Figurenvolk, in dessen Mitte wir lagerten, zu allerlei barocken Phantasien.

»Vermutlich«, sagte er, »wird dort auf dem Chorturm, als der höchsten Spitze, wohl auch der höchste und vornehmste Heilige stehen. Da es nun keineswegs ein Vergnügen sein muß, ewig als steinerner Seiltänzer auf diesen spitzen Türmchen zu balancieren, ist es billig, daß von Zeit zu Zeit der oberste Heilige erlöst und in den Himmel entrückt wird. Nun denke dir, was das jedesmal für ein Spektakel absetzt! Denn natürlich rücken nun sämtliche übrige Heilige genau nach der Rangordnung je um einen Platz vor, und jeder muß mit einem großen Satz auf die Fiale des Vorgängers hüpfen, jeder in großer Eile und jeder jaloux auf alle, die noch vor ihm kommen.«

Sooft ich seither durch Mailand kam, fiel jener Nachmittag mir wieder ein, und ich sah mit wehmütigem Lachen die Hunderte von Marmorheiligen ihre kühnen Sprünge tun.

In Genua ward ich um eine große Liebe reicher. Es war ein heller, windiger Tag, kurz nach der Mittagsstunde. Ich hatte die Arme auf eine breite Mauerbrüstung gestützt, hinter mir lag das farbige Genua, und unter mir schwoll und lebte die große, blaue Flut. Das Meer. Mit dunklem Tosen und unverstandenem Verlangen warf sich mir das Ewige und Unwandelbare entgegen, und ich fühlte, daß etwas in mir sich mit dieser blauen, schäumigen Flut für Leben und Tod befreundete.

Ebenso mächtig ergriff mich der weite Meerhorizont.

Wieder sah ich wie in Kinderzeiten die duftblaue Ferne wie ein geöffnetes Tor auf mich warten. Und wieder faßte mich das Gefühl, ich sei nicht zum stetig heimischen Leben unter Menschen und in Städten und Wohnungen, sondern zum Schweifen durch fremde Gebiete und zu Irrfahrten auf Meeren geboren. Mit dunklem Trieb stieg das alte, traurigmachende Verlangen in mir empor, mich an Gottes Brust zu werfen und mein kleines Leben mit dem Unendlichen und Zeitlosen zu verbrüdern.

Bei Rapallo rang ich schwimmend zum erstenmal mit der Flut, schmeckte das herbe Salzwasser und fühlte die Gewalt der Wogen. Ringsum blaue, klare Wellen, braungelbe Strandfelsen, tiefer stiller Himmel und das ewige, große Rauschen. Stets von neuem ergriff mich der Anblick der ferne gleitenden Schiffe, schwarzer Masten und blanker Segel oder die kleine Rauchfahne eines entfernt dahinfahrenden Dampfers. Nächst meinen Lieblingen, den rastlosen Wolken, weiß ich kein schöneres und ernsteres Bild der Sehnsucht und des Wanderns als solch ein Schiff, das in großer Ferne fährt, kleiner wird und in den geöffneten Horizont hinein verschwindet.

Und wir kamen nach Florenz. Die Stadt lag da, wie ich sie aus hundert Bildern und tausend Träumen kannte – licht, geräumig, gastlich, vom grünen, überbrückten Strom durchzogen und von klaren Hügeln umgürtet. Der kecke Turm des Palazzo vecchio stach kühn in den lichten Himmel, in seiner Höhe lag weiß und warmsonnig das schöne Fiesole, und alle Hügel standen weiß und rosenrot im Flor der Obstblüte. Das beweglich freudige, harmlose toskanische Leben ging mir wie ein Wunder auf, und ich war bald heimischer, als ich je zu Hause gewesen war. Die Tage wurden in Kirchen, auf Plätzen, in Gassen, Loggien und Märkten verbummelt, die Abende in Hügelgärten verträumt, wo schon die Limonen reiften, oder in kleinen, naiven Chiantischenken vertrunken und verplaudert. Dazwischen die beglückend reichen Stunden in den Bildersälen und im Bargello, in Klöstern, Bibliotheken und Sakristeien, die Nachmittage in Fiesole, San Miniato, Settignano, Prato.

Nach einer schon zu Hause getroffenen Verabredung ließ ich nun Richard für eine Woche allein und genoß die edelste und köstlichste Wanderung meiner Jugendzeit, durch das reiche, grüne umbrische Hügelland. Ich ging die Straßen des heiligen Franz und fühlte ihn in manchen Stunden neben mir wandern, das Gemüt voll unergründlicher Liebe, jeden Vogel und jede Quelle und jeden Hagrosenstrauch mit Dankbarkeit und Freude begrüßend. Ich pflückte und verzehrte Limonen an sonnig glänzenden Hängen, nächtigte in kleinen Dörfern, sang und dichtete in mich hinein und feierte die Ostern in Assisi, in der Kirche meines Heiligen.

Mir ist immer, als seien diese acht Wandertage in Umbrien die Krone und das schöne Abendrot meiner Jugendzeit gewesen. Jeden Tag sprangen Quellen in mir auf, und ich sah in die lichte, festliche Frühlingslandschaft wie in Gottes gütige Augen.

In Umbrien war ich Franz, dem »Spielmann Gottes«, verehrend nachgegangen; in Florenz genoß ich die beständige Vorstellung vom Leben des Quattrocento. Ich hatte ja schon zu Hause Satiren auf die Formen unsres heutigen Lebens geschrieben. In Florenz aber fühlte ich zum erstenmal die ganze schäbige Lächerlichkeit der modernen Kultur. Dort überfiel mich zuerst die Ahnung, daß ich in unsrer Gesellschaft ewig ein Fremdling sein würde, und dort erwachte zuerst der Wunsch in mir, mein Leben außerhalb dieser Gesellschaft und womöglich im Süden weiter zu führen. Hier konnte ich mit den Menschen verkehren, hier erfreute mich auf Schritt und Tritt eine freimütige Natürlichkeit des Lebens, über welcher adelnd und verfeinernd die Tradition einer klassischen Kultur und Geschichte lag.

Glänzend und beglückend rannen uns die schönen Wochen hin; auch Richard hatte ich nie so schwärmerisch entzückt gesehen. Übermütig und freudig leerten wir die Becher der Schönheit und des Genusses. Wir erwanderten abseitige, heiß gelegene Hügeldörfer, befreundeten uns mit Gastwirten, Mönchen, Landmädchen und kleinen zufriedenen Dorfpfarrern, belauschten naive Ständchen, fütterten bräunliche, hübsche Kinder mit Brot und Obst und sahen von sonnigen Berghöhen Toskana im Glanz des Frühlings und fern das schimmernde Ligurische Meer liegen. Und wir hatten beide das kräftige Gefühl, unseres Glückes würdig einem reichen, neuen Leben entgegenzugehen. Arbeit, Kampf, Genuß und Ruhm lagen so nah und glänzend und sicher vor uns, daß wir ohne Hast uns der glücklichen Tage freuten. Auch die nahe Trennung schien leicht und vorübergehend, denn wir wußten fester als je, daß wir einer dem andern notwendig und einer des andern fürs Leben sicher waren.

Das war die Geschichte meiner Jugend. Es scheint mir, wenn ich es überdenke, als sei sie kurz wie eine Sommernacht gewesen. Ein wenig Musik, ein wenig Geist, ein wenig Liebe, ein wenig Eitelkeit – aber es war schön, reich und farbig wie ein eleusisches Fest.

Und erlosch schnell und armselig wie ein Licht im Wind.

In Zürich nahm Richard Abschied. Zweimal stieg er wieder aus dem Eisenbahnwagen, um mich zu küssen, und nickte mir noch, so lange es ging, vom Fenster aus zärtlich zu.

Zwei Wochen später ertrank er beim Baden in einem lächerlich kleinen süddeutschen Flüßchen. Ich sah ihn nicht mehr, ich war nicht dabei, als er begraben wurde, ich hörte alles erst ein paar Tage später, als er schon im Sarge und in der Erde lag. Da lag ich in meinem Stüblein auf den Boden hingestreckt, fluchte Gott und dem Leben in gemeinen und scheußlichen Lästerworten, weinte und tobte. Ich hatte bis dahin nie bedacht, daß mein einziger sicherer Besitz in diesen Jahren meine Freundschaft gewesen war. Das war nun vorüber.

Es litt mich nicht länger in der Stadt, wo täglich eine Menge von Erinnerungen sich an mich hängte und mir die

Luft raubte. Was nun käme, war mir einerlei; ich war im Kern der Seele krank und hatte ein Grauen vor allem Lebendigen. Einstweilen schien die Aussicht gering, daß mein zerstörtes Wesen sich wieder aufrichte und mit neu gespannten Segeln dem herberen Glück der Mannesjahre entgegentreibe. Gott hatte gewollt, daß ich das Beste meines Wesens einer reinen und fröhlichen Freundschaft hingäbe. Wie zwei rasche Nachen waren wir miteinander vorangestürmt, und Richards Nachen war der bunte, leichte, glückliche, geliebte, an dem mein Auge hing und dem ich vertraute, er würde mich zu schönen Zielen mitreißen. Nun war er mit kurzem Schrei versunken, und ich trieb steuerlos auf plötzlich verdunkelten Wassern umher.

Es wäre an mir gewesen, die harte Probe zu bestehen, mich nach den Sternen zu richten und auf neuer Fahrt um den Kranz des Lebens zu kämpfen und zu irren. Ich hatte an die Freundschaft, an die Frauenliebe, an die Jugend geglaubt. Nun sie eine um die andere mich verlassen hatten, warum glaubte ich nicht an Gott und gab mich in seine stärkere Hand? Aber ich war zeitlebens zag und trotzig wie ein Kind und wartete immer auf das eigentliche Leben, daß es im Sturme über mich käme, mich verständig und reich machte und auf großen Flügeln einem reifen Glück entgegentrüge.

Das weise und sparsame Leben aber schwieg und ließ mich treiben. Es schickte mir weder Stürme noch Sterne, sondern wartete, bis ich wieder klein und geduldig und mein Trotz gebrochen wäre. Es ließ mich meine Komödie des Stolzes und Besserwissens spielen, sah daran vorbei und wartete, bis das verlaufene Kind die Mutter wieder finden würde.

5

Es kommt nun diejenige Zeit meines Lebens, welche scheinbar bewegter und bunter war als das bisherige und allenfalls einen kleinen Moderoman abgäbe. Ich müßte erzählen, wie ich von einer deutschen Zeitung zum Redakteur berufen wurde. Wie ich meiner Feder und meinem bösen Maul zu viel Freiheit gönnte und dafür schikaniert und geschulmeistert wurde. Wie ich darauf den Ruf eines Säufers errang und schließlich, nach giftigen Händeln, das Amt niederlegte und mich als Korrespondenten nach Paris schicken ließ. Wie ich in diesem verfluchten Nest zigeunerte, verbummelte und auf verschiedenen Gebieten einen starken Tobak rauchte.

Es ist nicht Feigheit, wenn ich den etwaigen Schweinigeln unter meinen Lesern hier eine Nase drehe und diese kurze Zeit übergehe. Ich bekenne, daß ich einen Irrweg um den andern ging, allerlei Schmutz gesehen habe und darin gesteckt bin. Der Sinn für die Romantik der Boheme ist mir seither abhanden gekommen, und ihr müßt mir erlauben, daß ich mich an das Reinliche und Gute halte, das doch auch in meinem Leben war, und jene verlorene Zeit verloren und abgetan sein lasse.

Eines Abends saß ich allein im Bois und überlegte mir, ob ich nur Paris oder lieber gleich das Leben überhaupt verlassen sollte. Darüber ging ich, seit langer Zeit zum erstenmal, in Gedanken mein Leben durch und berechnete, daß ich nicht viel daran zu verlieren habe.

Aber da sah ich plötzlich in scharfer Erinnerung einen längst vergangenen und vergessenen Tag – einen frühen Sommermorgen, daheim in den Bergen, und sah mich an einem Bette knien, und darauf lag meine Mutter und litt den Tod.

Ich erschrak und schämte mich, daß ich so lange jenes Morgens nicht mehr hatte denken können. Die dummen Mordgedanken waren vorbei. Denn ich glaube, daß kein ernster und nicht völlig entgleister Mensch fähig ist, sich das Leben zu nehmen, wenn er je einmal das Erlöschen eines gesunden und guten Lebens angesehen hat. Ich sah meine Mutter wieder sterben. Ich sah wieder auf ihrem Gesicht die stille, ernste Arbeit des Todes, der es adelte. Er sah herb aus, der Tod, aber so mächtig und auch gütig wie ein behutsamer Vater, der ein irregegangenes Kind heimholt.

Ich wußte plötzlich wieder, daß der Tod unser kluger und guter Bruder ist, der die rechte Stunde weiß und dessen wir mit Zuversicht gewärtig sein dürfen. Und ich begann auch zu verstehen, daß das Leid und die Enttäuschungen und die Schwermut nicht da sind, um uns verdrossen und wertlos und würdelos zu machen, sondern um uns zu reifen und zu verklären.

Acht Tage später waren meine Kisten nach Basel abgeschickt, und ich wanderte zu Fuß durch ein schönes Stück Südfrankreich und fühlte von Tag zu Tag die unseligen Pariser Zeiten, deren Erinnerung mich wie ein Gestank verfolgte, verblassen und zu Nebel werden. Ich wohnte einer Cour d'amour bei. Ich übernachtete in Schlössern, in Mühlen, in Scheunen und trank mit den dunkeln, gesprächigen Burschen ihren warmen, sonnigen Wein.

Abgerissen, mager, braungebrannt und im Innern verändert kam ich nach zwei Monaten in Basel an. Es war meine erste so große Wanderung, die erste von vielen. Zwischen Locarno und Verona, zwischen Basel und Brig, zwischen Florenz und Perugia sind wenig Orte, durch die ich nicht zwei- und dreimal mit staubigen Stiefeln gepilgert bin – hinter Träumen her, von denen noch keiner sich erfüllt hat.

In Basel mietete ich eine Vorstadtbude, packte meine Habe aus und begann zu arbeiten; es freute mich, in einer stillen Stadt zu leben, wo kein Mensch mich kannte. Die Beziehungen zu einigen Zeitungen und Revuen waren noch im Gang, und ich hatte zu arbeiten und zu leben. Die ersten Wochen waren gut und ruhig, dann kam allmählich die alte Traurigkeit wieder, blieb tagelang, wochenlang, und verging auch bei der Arbeit nicht. Wer nicht an sich selber gespürt hat, was Schwermut ist, versteht das nicht. Wie soll ich es beschreiben? Ich hatte das Gefühl einer schauerlichen Einsamkeit. Zwischen mir und den Menschen und dem Leben der Stadt, der Plätze, Häuser und Straßen war fortwährend eine breite Kluft. Es geschah ein großes Unglück, es standen wichtige Dinge in den Zeitungen – mich ging es nichts an. Es wurden Feste gefeiert, Tote begraben, Märkte abgehalten, Konzerte gegeben – wozu? wofür? Ich lief hinaus, ich trieb mich in Wäldern, auf Hügeln und Landstraßen herum, und um mich her schwiegen Wiesen, Bäume, Äcker in klagloser Trauer, sahen mich stumm und flehentlich an und hatten das Verlangen, mir etwas zu sagen, mir entgegenzukommen, mich zu begrüßen. Aber sie lagen da und konnten nichts sagen, und ich begriff ihr Leiden und litt es mit, denn ich konnte sie nicht erlösen.

Ich ging zu einem Arzt, brachte ihm ausführliche Aufzeichnungen, versuchte ihm mein Leiden zu beschreiben. Er las, fragte, untersuchte mich.

»Sie sind beneidenswert gesund«, lobte er dann, »körperlich fehlt Ihnen nichts. Suchen Sie sich durch Lektüre oder Musik zu erheitern.«

»Ich lese von Berufs wegen tagtäglich eine Menge neue Sachen.«

»Jedenfalls sollten Sie sich auch einige Bewegung im Freien gönnen.«

»Ich laufe täglich drei bis vier Stunden, in Ferienzeiten mindestens das doppelte.«

»Dann müssen Sie sich zwingen, unter Menschen zu gehen. Sie sind ja in Gefahr, ernstlich menschenscheu zu werden.«

»Was liegt daran?«

»Es liegt viel daran. Je größer zur Zeit Ihre Unlust am Umgang ist, desto mehr müssen Sie sich zwingen, Menschen zu sehen. Ihr Zustand ist noch kein Kranksein und scheint mir nicht bedenklich; wenn Sie aber nicht aufhören, so passiv zu bummeln, könnten Sie schließlich doch einmal die Balance verlieren.«

Der Arzt war ein verständiger und wohlwollender Mann. Ich tat ihm leid. Er empfahl mich einem Gelehrten, in dessen

Haus viel Verkehr und ein gewisses geistiges und literarisches Leben war. Ich ging hin. Man kannte meinen Namen, war liebenswürdig, fast herzlich, und ich kam öfters wieder.

Einmal kam ich an einem kalten Spätherbstabend hin. Ich fand einen jungen Historiker und ein sehr schlankes, dunkles Mädchen; sonst keine Gäste. Das Mädchen besorgte die Teemaschine, sprach viel und war spitzig gegen den Historiker. Nachher spielte sie ein wenig Klavier. Dann sagte sie mir, sie habe meine Satiren gelesen, aber gar nicht goutiert. Sie kam mir gescheit, aber ein wenig allzu gescheit vor, und ich ging bald nach Hause.

Inzwischen hatte man allmählich herausgebracht, ich säße viel in Kneipen herum und sei eigentlich ein heimlicher Säufer. Es wunderte mich kaum, denn der Klatsch blühte gerade in der akademischen Gesellschaft unter Männern und Frauen aufs üppigste. Meinem Verkehr schadete die beschämende Entdeckung gar nicht, machte mich vielmehr begehrt, denn man war gerade für die Temperenz begeistert, Herren und Damen gehörten den Komitees der Mäßigkeitsvereine an und freuten sich jedes Sünders, der ihnen in die Hände fiel. Eines Tages erfolgte der erste höfliche Angriff. Es ward mir die Schmach des Wirtshauslebens, der Fluch des Alkoholismus und all das vom sanitären, ethischen und sozialen Standpunkt zu betrachten nahegelegt, und ich wurde eingeladen, einer Vereinsfeierlichkeit beizuwohnen. Ich war maßlos erstaunt, denn von allen solchen Vereinen und Bestrebungen hatte ich bisher kaum eine Ahnung gehabt. Die Vereinssitzung, mit Musik und religiösem Anstrich, war peinlich komisch, und ich verhehlte diesen Eindruck nicht. Wochenlang wurde mir mit aufdringlicher Liebenswürdigkeit zugesetzt, die Sache wurde mir äußerst langweilig, und eines Abends, da man mir wieder dasselbe Lied vorsang und sehnlich auf meine Bekehrung hoffte, ward ich desperat und bat mir energisch aus, man möge mich nun mit dem Geplärre verschonen. Das junge Mädchen war wieder da. Sie hörte mir aufmerksam zu und sagte dann ganz herzlich: »Bravo!« Ich war aber zu verstimmt, um darauf zu achten.

Mit desto größerem Vergnügen sah ich ein kleines, drolliges Mißgeschick mit an, das bei einer gewaltigen Abstinentenfestlichkeit passierte. Der große Verein samt zahllosen Gästen tafelte und tagte in seinem Hause, Reden wurden gehalten, Freundschaften geschlossen und Chöre gesungen und der Fortschritt der guten Sache mit großem Hosianna gefeiert. Einem als Fahnenträger angestellten Dienstmann dauerten die alkoholfreien Reden zu lange, er drückte sich in eine nahe Schenke, und als der feierliche Fest- und Demonstrationszug durch die Straßen seinen Anfang nahm, genossen schadenfrohe Sünder das ergötzliche Schauspiel, an der Spitze der begeisterten Scharen einen fröhlich betrunkenen Anführer und in seinen Armen die Fahne des blauen Kreuzes gleich einem schiffbrüchigen Mastbaum schwanken zu sehen.

Der besoffene Dienstmann wurde entfernt; nicht entfernt aber wurde das Gewimmel menschlichster Eitelkeiten, Eifersüchteleien und Intrigen, das sich innerhalb der einzelnen Konkurrenzvereine und Kommissionen erhoben hatte und zu immer freudigerer Blüte gedieh. Die Bewegung spaltete sich, ein paar Ehrgeizige wollten allen Ruhm für sich haben und schimpften über jeden nicht in ihrem Namen bekehrten Säufer; edle und selbstlose Mitarbeiter, an denen es nicht fehlte, wurden schnöde mißbraucht, und in Bälde hatten Näherstehende Gelegenheit zu sehen, wie auch hier unter idealer Etikette allerlei unsaubere Menschlichkeiten zum Himmel stanken. Alle diese Komödien erfuhr ich so nebenher durch dritte Leute, hatte mein stilles Wohlgefallen daran und dachte mir auf mancher nächtlichen Heimkehr von Trinkereien: seht, wir Wilde sind doch bessere Menschen.

In meiner kleinen, hoch und frei gelegenen Stube über dem Rhein studierte und grübelte ich viel. Ich war trostlos, daß das Leben so an mir ablief, daß kein starker Strom mich mitriß, keine heftige Leidenschaft oder Teilnahme mich erhitzte und dem dumpfen Traum entzog. Zwar arbeitete ich, neben dem täglich Notwendigen, an den Vorbereitungen zu einem Werk, welches das Leben der ersten Minoriten darstellen sollte; doch war dies kein Schaffen, nur ein stetes bescheidenes Sammeln und genügte dem Trieb meiner Sehnsucht nicht. Ich begann, indem ich mich an Zürich, Berlin und Paris erinnerte, mir die wesentlichen Wünsche, Leidenschaften und Ideale der Zeitgenossen klarzumachen. Einer arbeitete daran, die bisherigen Möbel, Tapeten und Kostüme abzuschaffen und die Menschen an freiere, schönere Umgebungen zu gewöhnen. Ein anderer war bemüht, den Haeckelschen Monismus in populären Schriften und Vorträgen zu verbreiten. Andere hielten es für erstrebenswert, den ewigen Weltfrieden herbeizuführen. Und wieder einer kämpfte für die darbenden unteren Stände, oder sammelte und redete dafür, daß Theater und Museen fürs Volk gebaut und geöffnet würden. Und hier in Basel wurde der Alkohol bekämpft.

In all diesen Bestrebungen war Leben, Trieb und Bewegung; aber keine davon war mir wichtig und notwendig, und es hätte mich und mein Leben nicht berührt, wenn alle jene Ziele heute erreicht worden wären. Hoffnungslos sank ich in den Stuhl zurück, schob Bücher und Blätter von mir und sann, und sann. Dann hörte ich vor den Fenstern den Rhein ziehen und den Wind sausen und lauschte ergriffen auf diese Sprache einer großen, überall auf der Lauer liegenden Schwermut und Sehnsucht. Ich sah die blassen Nachtwolken in großen Stößen wie erschreckte Vögel durch den Himmel flattern, hörte den Rhein wandern und dachte an meiner Mutter Tod, an den heiligen Franz, an meine Heimat in den Schneebergen und an den ertrunkenen Richard. Ich sah mich an den Felswänden klettern, um Alpenrosen für die Rösi Girtanner zu brechen, ich sah mich in Zürich von Büchern und Musik und Gesprächen erregt, sah mich mit der Aglietti auf dem nächtlichen Wasser fahren, sah mich über Richards Tod verzweifeln, reisen und wiederkommen, genesen und wieder elend werden. Wozu? Wofür? O Gott, war alles das denn nur ein Spiel, ein Zufall, ein gemaltes Bild gewesen? Hatte ich nicht gerungen und Qualen der Begierde gelitten nach Geist, nach Freundschaft, nach Schönheit, Wahrheit und Liebe? Quoll nicht noch immer in mir die schwüle Woge der Sehnsucht und der Liebe? Und alles für nichts, mir zur Qual, niemand zur Lust!

Dann war ich reif für die Kneipe. Ich blies die Lampe aus, tastete mich die steile, alte Wendeltreppe hinab und erschien in einer Veltlinerhalle oder Waadtländer Weinstube. Dort empfing man mich als guten Gast mit Respekt, während ich gewöhnlich trutzig und gelegentlich sackgrob war. Ich las den Simplizissimus, der mich jedesmal ärgerte, trank meinen Wein und wartete, bis er mich trösten würde. Und der süße Gott berührte mich mit seiner weiblich weichen Hand, machte meine Glieder wohlig müde und führte meine verirrte Seele in das Land der schönen Träume zu Gast.

Gelegentlich wunderte ich mich selber darüber, daß ich die Leute so borstig behandelte und eine Art von Spaß daran hatte, sie anzuschnauzen. In Gasthäusern, die ich öfter besuchte, fürchteten und verwünschten mich die Kellnerinnen als einen Grobian und Nörgler, der ewig zu reklamieren hatte. Geriet ich in ein Gespräch mit anderen Gästen, so war ich höhnisch und grob, freilich waren auch die Leute danach. Trotzdem fanden sich ein paar wenige Wirtshausbrüder, sämtlich schon alternde und unheilbare Sünder, mit denen ich zuweilen einen Abend versaß und ein leidliches Verhältnis fand. Es war namentlich ein ältliches Rauhbein unter ihnen, seines Zeichens Dessinateur, ein Weiberfeind, Schweinigel und geeichter Zecher erster Klasse. Wenn ich ihn abends in irgendeiner Schenke allein antraf, setzte es jedesmal ein scharfes Zechen ab. Erst wurde geplaudert, gewitzelt und nebenher ein Fläschchen Roter gebechert, dann trat allmählich das Trinken in den Vordergrund, das Gespräch schlief ein, und wir hockten einander schweigsam gegenüber, sogen jeder an seiner Brissago und leerten jeder für sich seine Flaschen. Dabei war einer dem andern ebenbürtig, wir ließen stets gleichzeitig die Flaschen wieder füllen und beobachteten einer den andern halb mit Achtung und halb mit Schadenfreude. Zur Zeit des Neuen, im Spätherbst, zogen wir einst gemeinsam durch einige Markgräfler Weindörfer, und im Hirschen zu Kirchen erzählte mir der alte Knopf seine Lebensgeschichte. Ich glaube, sie war interessant und absonderlich, doch vergaß ich sie leider vollständig. Geblieben ist mir nur seine Schilderung einer Trinkerei, schon aus seinen späteren Jahren. Es war irgendwo auf dem Lande bei einer dörflichen Festlichkeit. Als Gast am Honoratiorentisch verleitete er sowohl den Pfarrer wie den Schultheiß vorzeitig zu tüchtigen Räuschen. Der Pfarrer hatte aber noch eine Rede zu halten. Nachdem man ihn mit Mühe aufs Podium geschleppt, tat er dort ungeheuerliche Sprüche und mußte abgeführt werden, worauf der Schultheiß in die Lücke sprang. Er begann gewaltig aus dem Stegreif zu reden, wurde jedoch durch die heftige Bewegung plötzlich unwohl und endete seine Ansprache auf eine ungewöhnliche und unfeine Weise.

Später hätte ich diese und andere Geschichten mir gerne nochmals erzählen lassen. Es hatte aber bei einem Schützenfestabend unversöhnliche Händel zwischen uns gegeben, wir hatten einander die Bärte gerupft und waren im Zorn auseinandergegangen. Von da an kam es einigemal vor, daß wir als Feinde gleichzeitig in einer Wirtsstube saßen, jeder natürlich an einem anderen Tisch; aber aus alter Gewohnheit beobachteten wir einander schweigend, tranken im gleichen Tempo und blieben sitzen, bis wir längst die letzten Gäste waren und schließlich ersucht wurden abzuziehen. Zu einer Versöhnung ist es nie gekommen.

Fruchtlos und ermüdend war das ewige Nachdenken über die Ursachen meiner Trauer und Lebensunfähigkeit. Ich hatte durchaus nicht das Gefühl, fertig und verbraucht zu sein, sondern war voll von dunklen Trieben und glaubte daran, daß es zur rechten Stunde mir noch gelingen würde, etwas Tiefes und Gutes zu schaffen und dem spröden Leben wenigstens eine Handvoll Glück zu entreißen. Aber würde die rechte Stunde jemals kommen? Mit Bitterkeit dachte ich an jene modernen, nervösen Herren, die sich durch tausend künstliche Anregungen zur künstlerischen Arbeit stachelten, während in mir starke Kräfte unverbraucht lagen und liegenblieben. Und ich grübelte wieder, was für ein Hemmnis oder Dämon mir in meinem strotzend starken Leibe die Seele stocken und immer schwerer werden lasse. Dabei hatte ich auch noch den sonderbaren Gedanken, mich für einen aparten, irgendwie zu kurz gekommenen Menschen zu halten, dessen Leiden niemand kenne, verstehe oder teile. Es ist das Teuflische an der Schwermut, daß sie einen nicht nur krank, sondern auch eingebildet und kurzsichtig, ja fast hochmütig macht. Man kommt sich vor wie der geschmacklose Heinesche Atlas, der allein alle Schmerzen und Rätsel der Welt auf den Schultern liegen hat, als ob nicht tausend andere dieselben Leiden duldeten und im selben Labyrinth herumirrten. Auch daß die Mehrzahl meiner Eigenschaften und Eigenheiten nicht so sehr mir gehörte, als Familiengut oder Übel der Camenzinde war, kam mir in meiner Isolierung und Heimatferne ganz abhanden.

Alle paar Wochen ging ich einmal wieder in das gastliche Gelehrtenhaus. Allmählich kannte ich ziemlich alle dort verkehrenden Leute. Es waren meist jüngere Akademiker, viele Deutsche darunter, von allen Fakultäten, außerdem ein paar Maler, einige Musiker, sowie ein paar Bürgersleute mit ihren Frauen und Mädchen. Ich sah oft mit Erstaunen diese Leute an, die mich als seltenen Gast begrüßten und von denen ich wußte, daß sie sich untereinander wöchentlich so und so vielemal sahen. Was sprachen und trieben sie nur immer miteinander? Die meisten hatten dieselbe stereotype Form des homo socialis, und sie schienen mir alle ein wenig miteinander verwandt, kraft eines geselligen und nivellierenden Geistes, den ich allein nicht besaß. Es waren manche feine und bedeutende Menschen dabei, welchen die ewige Geselligkeit offenbar nichts oder nicht viel von ihrer Frische und persönlichen Kraft raubte. Mit einzelnen von ihnen konnte ich lang und mit Interesse sprechen. Aber von einem zum andern gehen, bei jedem eine Minute stehenbleiben, den Weibern auf gut Glück Artigkeiten sagen, meine Aufmerksamkeit auf eine Tasse Tee, zwei Gespräche und ein Klavierstück zu gleicher Zeit richten, dabei angeregt und vergnügt aussehen, das konnte ich nicht. Schrecklich war es mir, von Literatur oder Kunst reden zu müssen. Ich sah, daß auf diesen Gebieten sehr wenig gedacht, sehr viel gelogen und jedenfalls unsäglich viel geschwatzt wurde. Ich log also mit, hatte aber keine Freude daran und fand das viele nutzlose Gewäsche langweilig und entwürdigend. Viel lieber hörte ich etwa eine Frau von ihren Kindern sprechen oder erzählte selbst von Reisen, von kleinen Tageserlebnissen und anderen realen Dingen. Dabei konnte ich gelegentlich vertraulich und fast vergnügt werden. Meistens suchte ich aber am Schluß solcher Abende noch ein Weinhaus auf und schwemmte die Trockenheit im Halse und die faule Langeweile mit Veltliner weg.

Bei einer von diesen Gesellschaften sah ich das schwarze junge Mädchen wieder. Es war eine Menge Leute da, sie musizierten und verführten ihr gewohntes Getöse, und ich saß mit einer Bildermappe in einem abseitigen Lampenwinkel. Es waren Ansichten von Toskana, nicht die gewöhnlichen, tausendmal gesehenen Effektbildchen, sondern intimere, privatim skizzierte Veduten, meist Geschenke von Reisegenossen und Freunden des Hausherrn. Eben hatte ich die Zeichnung eines steinernen, schmalfenstrigen Häuschens in dem einsamen Tal von San Clemente gefunden, das ich erkannte, denn ich hatte dort manche Spaziergänge gemacht. Das Tal liegt ganz nah bei Fiesole, aber die Menge der Reisenden besucht es nie, weil keine Altertümer dort sind. Es ist ein Tal von herber und merkwürdiger Schönheit, trocken und kaum bewohnt, zwischen hohe, kahle und strenge Berge geklemmt, weltferne, melancholisch und unbetreten.

Das Mädchen trat heran und sah mir über die Schulter.

»Warum sitzen Sie immer so allein, Herr Camenzind?«

Es ärgerte mich. Sie fühlt sich von den Herren vernachlässigt, dachte ich, und nun kommt sie zu mir.

»Nun, bekomme ich keine Antwort?«

»Verzeihung, Fräulein; aber was soll ich denn antworten? Ich sitze allein, weil es mir Spaß macht.«

»Dann störe ich Sie also?«

»Sie sind komisch.«

»Danke; ist aber ganz gegenseitig.«

Und sie setzte sich. Ich hielt beharrlich mein Blatt in den Fingern.

»Sie sind doch vom Oberland«, sagte sie. »Ich möchte Sie gern einmal von dort erzählen hören. Mein Bruder sagt, in Ihrem Dorf gebe es bloß einen Familiennamen, lauter Camenzinds. Ist das wahr?«

»Beinah«, knurrte ich. »Es gibt aber auch einen Bäcker, der Füßli heißt. Und einen Gastwirt namens Nydegger.«

»Und sonst nichts als Camenzind! Und die sind alle miteinander verwandt?«

»Mehr oder weniger.«

Ich reichte ihr die Zeichnung hin. Sie hielt das Blatt fest, und ich bemerkte, daß sie es verstand, so etwas richtig anzufassen. Das sagte ich ihr.

»Sie loben mich«, lachte sie, »aber wie ein Schullehrer.«

»Wollen Sie das Blatt nicht auch ansehen?« fragte ich grob. »Sonst kann ich es zurücklegen.«

»Was stellt es denn vor?«

»San Clemente.«

»Wo?«

»Bei Fiesole.«

»Sie sind dort gewesen?«

»Ja, mehrmals.«

»Wie sieht das Tal aus? Das ist hier ja nur ein Ausschnitt.«

Ich dachte nach. Die ernste, herbschöne Landschaft trat vor meinen Blick, und ich schloß die Augen halb, um sie festzuhalten. Es dauerte eine Weile, ehe ich zu sprechen begann, und es tat mir wohl, daß sie still blieb und wartete. Sie begriff, daß ich nachdachte.

Und ich schilderte San Clemente, wie es schweigend, dürr und großartig im Brand des Sommernachmittags liegt. Nebenan in Fiesole treibt man Industrie, flicht Strohhüte und Körbe, verkauft Souvenirs und Orangen, betrügt die Reisenden oder bettelt sie an. Weiter unten liegt Florenz und umfaßt eine Flut alten und neuen Lebens. Aber beide sieht man von Clemente aus nicht. Dort haben keine Maler gearbeitet, dort ist kein Römerbau gewesen, die Geschichte vergaß das arme Tal. Aber dort kämpft die Sonne und der Regen mit der Erde, dort erhalten sich schiefe Pinien mühsam am Leben, und die paar Zypressen fühlen mit hageren Wipfeln in die Luft, ob nicht der feindliche Sturm nahe sei, der ihnen das karge Leben verkürzt, an dem sie mit dürstenden Wurzeln hängen. Es fährt zuweilen ein Ochsenwagen von den naheliegenden großen Meierhöfen vorbei, oder eine Bauernfamilie pilgert Fiesole entgegen, aber sie sind nur zufällige Gäste, und die roten Röcke der Bauernweiber, die sonst so flott und lustig aussehen, stören hier, und man vermißt sie gern.

Und ich erzählte, wie ich als junger Mensch mit einem Freunde dort wanderte, zu Füßen der Zypressen lag und mich an ihre hageren Stämme lehnte; und wie der traurigschöne Einsamkeitszauber des seltsamen Tales mich an die heimatlichen Schluchten erinnerte.

Wir schwiegen eine Weile.

»Sie sind ein Dichter«, sagte das Mädchen.

Ich schnitt eine Grimasse.

»Ich meine es anders«, fuhr sie fort. »Nicht weil Sie Novellen und dergleichen schreiben. Sondern weil Sie die Natur verstehen und liebhaben. Was ist es anderen Leuten, wenn ein Baum rauscht oder ein Berg in der Sonne glüht? Aber für Sie ist ein Leben darin, das Sie mitleben können.«

Ich antwortete, daß niemand »die Natur verstehe« und daß man mit allem Suchen und Begreifenwollen nur Rätsel findet und traurig wird. Ein in der Sonne stehender Baum, ein verwitternder Stein, ein Tier, ein Berg – sie haben ein Leben, sie haben eine Geschichte, sie leben, leiden, trotzen, genießen, sterben, aber wir begreifen es nicht.

Indes ich sprach und mich ihres geduldig stillen Aufmerkens freute, begann ich sie zu betrachten. Ihr Blick war auf mein Gesicht gerichtet und wich dem meinen nicht aus. Ihr Gesicht war ganz ruhig, hingegeben und von der Aufmerksamkeit ein wenig gespannt. Wie wenn ein Kind mir zuhörte. Nein, sondern wie wenn ein Erwachsener im Zuhören sich vergißt und, ohne es zu wissen, Kinderaugen bekommt. Und während des Betrachtens entdeckte ich allmählich mit naiver Finderfreude, daß sie sehr schön war.

Als ich nicht mehr sprach, blieb auch das Mädchen still. Dann schreckte sie auf und blinzelte ins Lampenlicht.

»Wie heißen Sie eigentlich, Fräulein?« fragte ich und dachte nicht viel dabei.

»Elisabeth.«

Sie ging weg und wurde bald darauf genötigt, Klavier zu spielen. Sie spielte gut. Aber da ich hinzutrat, sah ich, daß sie nicht mehr so schön war.

Als ich die behaglich altmodische Treppe hinabstieg, um nach Hause zu gehen, hörte ich ein paar Worte vom Gespräch zweier Maler, welche in der Hausflur ihre Mäntel anlegten.

»Na ja, er hat sich den ganzen Abend mit der hübschen Lisbeth beschäftigt«, sagte einer und lachte.

»Stille Wasser!« meinte der andere. »Er hat sich nicht das Schlechteste ausgesucht.«

Also die Affen sprachen schon darüber. Es fiel mir plötzlich ein, daß ich, fast wider Willen, diesem fremden jungen Mädchen intime Erinnerungen und ein ganzes Stück meines inneren Lebens preisgegeben hatte. Wie kam ich dazu? Und nun schon die bösen Mäuler! – Bande!

Ich ging weg und betrat monatelang das Haus nicht mehr. Zufällig war eben einer von jenen zwei Malern der erste, der mich auf der Straße darüber zur Rede stellte.

»Warum gehen Sie denn nicht mehr hin?«

»Weil ich das verdammte Klatschen nicht leiden kann«, sagte ich.

»Ja, unsere Damen!« lachte der Kerl.

»Nein«, antwortete ich, »ich meine die Männer, und speziell die Herren Maler.«

Elisabeth sah ich in diesen Monaten nur ganz wenigemal auf der Straße, einmal in einem Kaufladen und einmal in der Kunsthalle. Gewöhnlich war sie hübsch, doch nicht schön. Die Bewegungen ihrer überschlanken Gestalt hatten etwas Apartes, das sie meistens schmückte und auszeichnete, manchmal aber auch etwas übertrieben und unecht aussehen konnte. Schön, überaus schön war sie damals in der Kunsthalle. Sie sah mich nicht. Ich saß ausruhend beiseite und blätterte im Katalog. Sie stand in meiner Nähe vor einem großen Segantini und war ganz in das Bild versunken. Es stellte ein paar auf mageren Matten arbeitende Bauernmädchen dar, hinten die zackig jähen Berge, etwa an die Stockhorngruppe erinnernd, und darüber in einem kühlen, lichten Himmel eine unsäglich genial gemalte, elfenbeinfarbene Wolke. Sie frappierte auf den ersten Blick durch ihre seltsam geknäuelte, ineinandergedrehte Masse; man sah, sie war eben erst vom Wind geballt und geknetet und schickte sich nun an zu steigen und langsam fortzufliegen. Offenbar verstand Elisabeth diese Wolke, denn sie war ganz dem Anschauen hingegeben. Und wieder war ihre sonst verborgene Seele in ihr Gesicht getreten, lachte leise aus den vergrößerten Augen, machte den zu schmalen Mund kindlich weich und hatte die überkluge herbe Stirnfalte zwischen den Brauen geebnet. Die Schönheit und Wahrhaftigkeit eines großen Kunstwerkes zwang ihre Seele, selbst schön und wahrhaftig und unverhüllt sich darzustellen.

Ich saß still daneben, betrachtete die schöne Segantiniwolke und das schöne von ihr entzückte Mädchen. Dann fürchtete ich, sie möchte sich umwenden, mich sehen und anreden und ihre Schönheit wieder verlieren, und ich verließ den Saal schnell und leise.

Um jene Zeit begann meine Freude an der stummen Natur

und mein Verhältnis zu ihr sich zu verändern. Immer wieder streifte ich durch die wundervolle Umgebung der Stadt, am liebsten in den Jura hinein. Ich sah immer wieder die Wälder und Berge, Matten und Obstbäume und Gebüsche stehen und auf irgend etwas warten. Vielleicht auf mich, jedenfalls aber auf Liebe.

Und so begann ich diese Dinge zu lieben. Es kam ein starkes, dürstendes Verlangen in mir ihrer stillen Schönheit entgegen. Auch in mir drängte ein tiefes Leben und Sehnen dunkel empor und suchte nach Bewußtsein, nach Verstandenwerden, nach Liebe.

Viele sagen, sie »lieben die Natur«. Das heißt, sie sind nicht abgeneigt, je und je ihre dargebotenen Reize sich gefallen zu lassen. Sie gehen hinaus und freuen sich über die Schönheit der Erde, zertreten die Wiesen und reißen schließlich eine Menge Blumen und Zweige ab, um sie bald wieder wegzuwerfen oder daheim verwelken zu sehen. So lieben sie die Natur. Sie erinnern sich dieser Liebe am Sonntag, wenn schönes Wetter ist, und sind dann gerührt über ihr gutes Herz. Sie hätten es ja nicht nötig, denn »der Mensch ist die Krone der Natur«. Ach ja, die Krone!

Also ich blickte immer begieriger in den Abgrund der Dinge. Ich hörte den Wind vieltönig in den Kronen der Bäume klingen, hörte Bäche durch Schluchten brausen und leise stille Ströme durch die Ebene ziehen, und ich wußte, daß diese Töne Gottes Sprache waren, und daß es ein Wiederfinden des Paradieses wäre, diese dunkle, urschöne Sprache zu verstehen. Die Bücher wissen davon wenig, nur in der Bibel steht das wunderbare Wort vom »unaussprechlichen Seufzen« der Kreatur. Doch ahnte ich, daß zu allen Zeiten Menschen, gleich mir von diesem Unverstandenen ergriffen, ihr Tagewerk verlassen und die Stille aufgesucht hatten, um dem Liede der Schöpfung zu lauschen, das Ziehen der Wolken zu betrachten und in rastloser Sehnsucht dem Ewigen anbetende Arme entgegenzustrecken, Einsiedler, Büßer und Heilige.

Bist du nie in Pisa gewesen, im Camposanto? Dort sind die Wände mit blaßgewordenen Bildern vergangener Jahrhunderte geschmückt, und eines davon zeigt das Leben der Einsiedler in der thebaischen Wüste. Das naive Bild strömt noch heute mit seinen verblaßten Farben den Zauber eines so seligen Friedens aus, daß du ein plötzliches Leid empfindest, und daß es dich verlangt, deine Sünden und deine Unreinheit irgendwo in heiliger Weltferne von dir zu weinen und nicht wiederzukommen. Unzählige Künstler haben so versucht, ihr Heimweh in seligen Bildern auszusagen, und irgendein kleines liebes Kinderbildchen von Ludwig Richter singt dir dasselbe Lied wie die Fresken von Pisa. Warum hat Tizian, der Freund des Gegenwärtigen und Körperlichen, seinen klaren und gegenständlichen Bildern manchmal jenen Hintergrund vom süßesten Ferneblau gegeben? Es ist nur ein Strich tiefblauer, warmer Farbe, man sieht nicht, ob er ferne Gebirge oder nur den unbegrenzten Raum bedeuten will. Tizian, der Realist, wußte es selbst nicht. Er tat es nicht, wie die Kunsthistoriker wissen wollen, aus Gründen der Farbenharmonik, sondern es war sein Tribut an das Unstillbare, das verborgen auch in der Seele dieses Frohen und Glücklichen lebte. So, schien mir, war die Kunst zu allen Zeiten bemüht gewesen, dem stummen Verlangen des Göttlichen in uns eine Sprache zu schenken.

Reifer, schöner und doch viel kindlicher sprach der heilige Franz das aus. Ihn verstand ich erst damals völlig. Indem er die ganze Erde, die Pflanzen, Gestirne, Tiere, Winde und Wasser in seine Liebe zu Gott einbegriff, übereilte er das Mittelalter und selbst Dante und fand die Sprache des zeitlos Menschlichen. Er nennt alle Mächte und Erscheinungen der Natur seine lieben Brüder und Schwestern. Als er in seinen späteren Jahren von den Ärzten dazu verurteilt ward, sich die Stirn mit glühendem Eisen brennen zu lassen, begrüßte er mitten in der Angst des gefolterten Schwerkranken in diesem schrecklichen Eisen »seinen lieben Bruder, das Feuer«.

Indem ich nun anfing, die Natur persönlich zu lieben, ihr

zu lauschen wie einem Kameraden und Reisegefährten, der eine fremde Sprache redet, ward meine Schwermut zwar nicht geheilt, aber veredelt und gereinigt. Mein Ohr und Auge schärfte sich, ich lernte feine Tönungen und Unterschiede erfassen und sehnte mich, den Herzschlag alles Lebens immer näher und klarer zu hören und vielleicht einmal zu verstehen und vielleicht einmal der Gabe teilhaftig zu werden, ihm in Dichterworten Ausdruck zu gönnen, damit auch andere ihm näher kämen und mit besserem Verständnis die Quellen aller Erfrischung, Reinigung und Kindlichkeit besuchten. Einstweilen war das ein Wunsch, ein Traum---, ich wußte nicht, ob er sich je erfüllen könne, und hielt mich ans Nächste, indem ich allem Sichtbaren Liebe entgegenbrachte und mich gewöhnte, kein Ding mehr gleichgültig oder verächtlich zu betrachten.

Ich kann nicht sagen, wie erneuend und tröstend dies auf mein verdunkeltes Leben wirkte! Es ist nichts Adligeres und nichts Beglückenderes in der Welt als eine wortelose, stetige, leidenschaftslose Liebe, und ich wünsche nichts herzlicher, als daß von denen, die meine Worte lesen, einige oder auch nur zwei oder einer diese reine und selige Kunst durch meinen Antrieb zu lernen beginnen möchte. Manche haben sie von Natur und üben sie ihr Leben lang unbewußt, das sind Gottes Lieblinge, die Guten und Kinder unter den Menschen. Manche haben sie in schweren Leiden gelernt – habt ihr nie unter Krüppeln und Elenden solche mit überlegenen, stillen, glänzenden Augen gesehen? Wenn ihr nicht auf mich und meine armen Worte hören möget, so gehet zu ihnen, in denen eine begierdelose Liebe das Leiden überwand und verklärte.

Dieser Vollendung, die ich an manchen armen Duldern verehrt habe, stehe ich noch heute kläglich fern. Aber diese Jahre hindurch entbehrte ich nur selten des tröstenden Glaubens, den rechten Weg zu ihr zu wissen.

Daß ich ihn auch immer gegangen wäre, darf ich nicht sagen, vielmehr blieb ich unterwegs auf allen Bänken sitzen und sparte auch manchen bösen Umweg nicht. Zwei selbstsüchtige und mächtige Neigungen stritten in mir wider die echte Liebe. Ich war Trinker, und ich war menschenscheu. Zwar beschnitt ich mein Quantum Wein erheblich, aber alle paar Wochen überredete mich der schmeichlerische Gott, daß ich mich ihm in die Arme warf. Daß ich etwa auf der Straße liegenblieb oder ähnliche Nachtstücke verübte, ist allerdings kaum jemals vorgekommen, denn der Wein liebt mich und lockt mich nur bis dahin, wo seine Geister mit meinem eigenen in freundschaftlichem Zwiegespräch verkehren. Immerhin verfolgte mich lange Zeit nach jeder Trinkerei das böse Gewissen. Aber schließlich konnte ich meine Liebe doch nicht gerade dem Wein entziehen, zu dem ich eine starke Neigung vom Vater ererbt hatte. Jahrelang hatte ich diese Erbschaft sorgsam und pietätvoll gehegt und mir gründlich zu eigen gemacht, also half ich mir nun und schloß zwischen Trieb und Gewissen einen halb ernsten, halb scherzhaften Vertrag. Ich nahm in den Lobgesang des Heiligen von Assisi »meinen lieben Bruder, den Wein«, mit auf.

6

Viel schlimmer war mein anderes Laster. Ich hatte wenig Freude an den Menschen, lebte als Einsiedler und war gegen menschliche Dinge stets mit Spott und Verachtung zur Hand.

Im Beginn meines neuen Lebens dachte ich daran noch gar nicht. Ich fand es richtig, die Menschen einander zu überlassen und meine Zärtlichkeit, Hingabe und Teilnahme allein dem stummen Leben der Natur zu schenken. Auch erfüllte diese mich im Anfang ganz.

Nachts, wenn ich zu Bett gehen wollte, fiel mir etwa plötzlich ein Hügel, ein Waldrand, ein einzelner Lieblingsbaum ein, den ich lange nicht mehr besucht hatte. Nun stand er in der Nacht im Wind, träumte, schlummerte vielleicht, stöhnte und regte die Zweige. Wie mochte er aussehen? Und ich verließ das Haus, suchte ihn auf und sah seine undeutliche Gestalt im Finstern stehen, betrachtete ihn mit erstaunter Zärtlichkeit und trug sein dämmerndes Bild in mir davon.

Ihr lacht darüber. Vielleicht war diese Liebe verirrt, doch nicht vergeudet. Aber wie sollte ich von hier den Weg finden, der zur Menschenliebe führte?

Nun, wo ein Anfang gemacht ist, kommt immer das Beste von selber nach. Immer näher und möglicher schwebte mir die Idee meiner großen Dichtung vor. Und wenn mein Liebhaben mich dahin bringen würde, einmal als Dichter die Sprache der Wälder und Ströme zu reden, für wen geschähe das dann? Nicht nur für meine Lieblinge, sondern doch vor allem für die Menschen, denen ich ein Führer und ein Lehrer der Liebe sein wollte. Und gegen diese Menschen war ich rauh, spöttisch und lieblos. Ich empfand den Zwiespalt und die Nötigung, das herbe Fremdsein zu bekämpfen und auch den Menschen Brüderlichkeit zu zeigen. Und das war schwer, denn Vereinsamung und Schicksale hatten mich gerade auf diesem Punkt hart und böse gemacht. Es genügte nicht, daß ich daheim und im Wirtshaus mich mühte, weniger herb zu sein, und daß ich unterwegs einem Begegnenden freundlich zunickte. Übrigens sah ich schon hierbei, wie gründlich ich mir das Verhältnis zu den Leuten versalzen hatte, denn man kam meinen Freundlichkeitsversuchen mißtrauisch und kühl entgegen oder nahm sie für Hohn auf. Das Schlimmste war, daß ich das Haus jenes Gelehrten, das einzige meiner Bekanntschaft, fast ein Jahr lang gemieden hatte, und ich sah ein, daß ich vor allem dort wieder anklopfen und mir irgendeinen Weg in die hiesige Art von Geselligkeit suchen müsse.

Nun, hier half mir meine eigene verhöhnte Menschlichkeit erklecklich. Kaum hatte ich wieder an jenes Haus gedacht, so sah ich auch im Geist Elisabeth, schön, wie sie vor Segantinis Wolke gewesen war, und merkte plötzlich, wie sehr sie an meiner Sehnsucht und Schwermut teilhatte. Und es geschah, daß ich zum erstenmal ernstlich daran dachte, ein Weib zu freien. Bisher war ich von meiner völligen Unfähigkeit zur Ehe so überzeugt gewesen, daß ich mich darein mit bissiger Ironie ergeben hatte. Ich war Dichter, Wanderer, Trinker, Einspänner! Jetzt glaubte ich mein Schicksal zu erkennen, das mir in der Möglichkeit einer Liebesehe die Brücke zur Menschenwelt schlagen wollte. Alles sah so verlockend und sicher aus! Daß Elisabeth mir Teilnahme schenkte, hatte ich gespürt und gesehen; auch daß sie ein empfängliches und edles Wesen besaß. Ich dachte daran, wie bei der Plauderei über San Clemente und dann vor dem Segantini ihre Schönheit lebendig geworden war. Ich aber hatte seit Jahren aus Kunst und Natur einen reichen inneren Besitz gesammelt; sie würde von mir das überall schlummernde Schöne sehen lernen, und ich würde sie so mit Schönem und Wahrem umgeben, daß ihr Gesicht und ihre Seele alle Trübungen vergäße und sich zur Blüte ihrer Fähigkeiten entfalten könnte. Seltsamerweise empfand ich das Komische meiner plötzlichen Verwandlung gar nicht. Ich Einsamer und Sonderling war über Nacht ein verliebter Fant geworden, der von Eheglück und von der Einrichtung eines eigenen Hauswesens träumt.

Eiligst suchte ich denn das gastliche Haus auf und ward mit freundlichen Vorwürfen empfangen. Ich ging mehrmals hin, und nach einigen Besuchen traf ich Elisabeth dort wieder. Oh, sie war schön! Sie sah aus, wie ich sie mir als meine Geliebte vorgestellt hatte: schön und glücklich. Und ich genoß eine Stunde lang die frohe Schönheit ihrer Gegenwart. Sie begrüßte mich gütig, sogar herzlich und mit einer vertrauten Freundschaftlichkeit, die mich glücklich machte.

Erinnert ihr euch noch des Abends auf dem See, im Boot, des Abends mit den roten Papierlampen, mit der Musik, mit meiner im Keim erstickten Liebeserklärung? Es war die traurige und lächerliche Geschichte eines verliebten Knaben.

Lächerlicher – und trauriger ist die Geschichte des verliebten Mannes Peter Camenzind.

Ich erfuhr so beiläufig, Elisabeth sei seit kurzem Braut. Ich gratulierte ihr, ich machte die Bekanntschaft ihres Verlobten, der sie abzuholen kam, und ich gratulierte auch ihm. Den ganzen Abend lag ein wohlwollendes Gönnerlächeln auf meinem Gesicht, mir selber lästig, wie eine Maske. Nachher lief ich weder in den Wald, noch ins Wirtshaus, sondern saß auf meinem Bett, sah der Lampe zu, bis sie stank und erlosch, erstaunt und verdonnert, bis endlich mein Bewußtsein wieder erwachte. Da breiteten noch einmal Schmerz und Verzweiflung ihre schwarzen Flügel über mich, daß ich klein und schwach und zerbrochen lag, und daß ich schluchzte wie ein Knabe.

Darauf packte ich meinen Rucksack, ging morgens zur Bahn und reiste nach Haus. Ich hatte Sehnsucht, wieder am Sennalpstock zu klettern, an meine Kinderzeit zu denken und nachzusehen, ob mein Vater noch lebe.

Wir waren uns fremd geworden. Der Vater sah völlig grau, ein wenig gebückt und ein wenig unscheinbar aus. Er behandelte mich sanft und mit Scheu, fragte nach nichts, wollte mir sein Bett abtreten und schien durch meinen Besuch nicht weniger in Verlegenheit gebracht, als überrascht zu sein. Er hatte das Häuschen noch, die Matten und das Vieh aber verkauft, bezog einen kleinen Zins und tat hier und dort ein wenig leichte Arbeit.

Als er mich allein ließ, trat ich an die Stelle, wo früher meiner Mutter Bett gestanden hatte, und das Vergangene lief wie ein breiter, ruhiger Strom an mir vorbei. Ich war kein Jüngling mehr, und dachte daran, wie schnell die Jahre weitergehen würden, dann wäre auch ich ein gebücktes und graues Männlein, und legte mich zum bittern Sterben hin. In der fast unveränderten, ärmlichen, alten Stube, wo ich klein gewesen war, wo ich Latein gelernt und den Tod der Mutter gesehen hatte, hatten diese Gedanken eine ruhebringende Natürlichkeit. Mit Dank erinnerte ich mich an allen Reichtum meiner Jugend, dabei fiel der Vers des Lorenzo Medici mir ein, den ich in Florenz gelernt hatte:

Quant' è bella giovinezza,
Ma si fugge tuttavia.
Chi vuol esser lieto, sia:
Di doman non c'è certezza.

Und zugleich wunderte ich mich, Erinnerungen aus Italien und aus der Geschichte und aus dem weiten Reich des Geistes in diese alte heimatliche Stube zu tragen.

Darauf gab ich meinem Vater etwas Geld. Am Abend gingen wir ins Wirtshaus, und dort war alles wie damals, nur daß jetzt ich den Wein bezahlte und daß der Vater, als er vom Sternwein und Champagner sprach, sich auf mich berief und daß ich jetzt mehr als der Alte vertragen konnte. Ich fragte nach dem greisen Bäuerlein, dem ich damals den Wein über seinen Kahlkopf gegossen hatte. Er war ein Witzbold und Kniffgenie gewesen, aber nun war er längst tot, und über seine Schnurren begann Gras zu wachsen. Ich trank Waadtländer, hörte den Gesprächen zu, erzählte ein wenig, und da ich mit dem Vater durch den Mondschein nach Hause ging und er im Rausche weiterredete und gestikulierte, war mir so sonderbar verzaubert zumute wie noch nie. Fortwährend umgaben mich die Bilder der früheren Zeit, Onkel Konrad, Rösi Girtanner, die Mutter, Richard und die Aglietti, und ich sah sie an wie ein schönes Bilderbuch, bei dem man sich wundert, wie schön und wohlbeschaffen alle Dinge darin aussehen, die in der Wirklichkeit nicht halb so köstlich sind. Wie war das alles an mir vorbeigerauscht, vergangen, fast vergessen, und stand nun doch klar und reinlich in mir aufgezeichnet: ein halbes Leben, ohne meinen Willen vom Gedächtnis aufbewahrt.

Erst als wir nach Hause kamen und als mein Vater spät verstummte und entschlief, dachte ich wieder an Elisabeth. Noch gestern hatte sie mich begrüßt, hatte ich sie bewundert und hatte ihrem Bräutigam Glück gewünscht. Es schien mir eine lange Zeit seither vergangen zu sein. Aber der Schmerz erwachte, vermischte sich mit der Flut der aufgestörten Erinnerungen und rüttelte an meinem selbstsüchtigen und schlecht verwahrten Herzen wie der Föhn an einer zitternden und baufälligen Almhütte. Ich hielt es nicht im Hause aus. Ich stieg durchs niedere Fenster, ging durchs Gärtchen an den See, machte den verwahrlosten Weidling los und ruderte leise in die blasse Seenacht. Feierlich schwiegen umher die silbrig umdünsteten Berge, der fast völlige Mond hing in der bläulichen Nacht und ward beinahe von der Spitze des Schwarzenstocks erreicht. Es war so still, daß ich den fernen Sennalpstock-Wasserfall leise brausen hören konnte. Die Geister der Heimat und die Geister meiner Jugendzeit berührten mich mit ihren bleichen Flügeln, erfüllten meinen kleinen Nachen und deuteten flehentlich mit ausgestreckten Händen und schmerzlichen, unverständlichen Gebärden.

Was hatte nun mein Leben bedeutet, und wozu waren so viele Freuden und Schmerzen über mich hinweggegangen? Warum hatte ich Durst nach dem Wahren und Schönen gehabt, da ich heute noch ein Dürstender war? Warum hatte ich in Trotz und Tränen um jene begehrenswerten Frauen Liebe und Schmerzen gelitten – ich, der ich heute wieder das Haupt in Scham und Tränen um eine traurige Liebe neigte? Und warum hatte der unbegreifliche Gott mir das brennende Heimweh nach Liebe ins Herz getan, da er mir doch das Leben eines Einsamen und wenig Geliebten bestimmt hatte?

Das Wasser gurgelte dumpf am Bug und tröpfelte silbern von den Rudern, die Berge standen ringsum nahe und schweigend, über die Nebel der Schluchten wandelte das kühle Mondlicht. Und die Geister meiner Jugendzeit standen schweigsam um mich her und blickten mich aus tiefen Augen still und fragend an. Mir war, ich sähe unter ihnen auch die schöne Elisabeth, und sie hätte mich geliebt und sie wäre mein geworden, wenn ich zur rechten Zeit gekommen wäre.

Auch war mir, als wäre es am besten, ich sänke still in den bleichen See und es würde mir von niemand nachgefragt. Aber dennoch ruderte ich schneller, als ich merkte, daß der schlechte, alte Nachen Wasser zog. Mich fror plötzlich, und ich eilte, nach Haus und zu Bett zu kommen. Dort lag ich müd und wach und sann über mein Leben nach und suchte zu finden, was mir fehle und was mir nötig wäre, um glücklicher und echter zu leben und näher an das Herz des Daseins zu kommen.

Wohl wußte ich, daß aller Güte und Freude Kern die Liebe sei und daß ich beginnen müsse, trotz meines frischen Schmerzes um Elisabeth die Menschen ernstlich liebzuhaben. Aber wie? Und wen?

Da fiel mir mein alter Vater ein, und ich merkte zum erstenmal, daß ich ihn nie in der rechten Weise liebgehabt hatte. Als Knabe hatte ich ihm das Leben sauer gemacht, dann war ich fortgegangen, hatte ihn auch nach der Mutter Tod allein gelassen, mich oft seiner geärgert und ihn schließlich fast ganz vergessen. Ich mußte mir vorstellen, er läge auf dem Totenbett und ich stünde allein und verwaist daneben und sähe seine Seele entrinnen, die mir fremd geblieben war und um deren Liebe ich mich nie bemüht hatte.

So begann ich denn die schwere und süße Kunst, statt an einer schönen und bewunderten Geliebten, an einem greisen, ruppigen Trinker zu lernen. Ich gab ihm keine groben Antworten mehr, beschäftigte mich nach Möglichkeit mit ihm, las ihm Kalendergeschichten vor und erzählte ihm von den Weinen, die in Frankreich und Italien wachsen und getrunken werden. Sein bißchen Arbeit konnte ich ihm nicht abnehmen, da er ohne das verwahrlost wäre. Auch gelang es mir nicht, ihn daran zu gewöhnen, daß er seinen Abendschoppen mit mir zu Hause statt in der Kneipe trank. Ein paar Abende versuchten wir es. Ich holte Wein und Zigarren und gab mir Mühe, dem alten Mann die Zeit zu vertreiben. Am vierten oder fünften Abend war er still und trotzig und klagte endlich, als ich ihn fragte, was ihm fehle: »Ich glaube, du willst deinen Vater nimmer ins Wirtshaus lassen.«

»Keine Rede«, sagte ich, »du bist der Vater und ich der Bub, und wie's gehalten werden soll, ist deine Sache.«

Er blinzelte mich prüfend an, dann nahm er vergnügt seine Mütze, und wir marschierten selbander zum Wirtshaus.

Es war deutlich zu sehen, daß meinem Vater ein längeres Zusammenbleiben zuwider gewesen wäre, obwohl er nichts darüber sagte. Auch trieb es mich, irgendwo in der Fremde die Beruhigung meines zwiespältigen Zustandes abzuwarten. »Was meinst du, wenn ich dieser Tage wieder abreiste?« fragte ich den Alten. Er kratzte sich den Schädel, zuckte die schmalgewordenen Achseln und lächelte schlau und abwartend: »Je, wie du willst!« Ehe ich reiste, suchte ich einige Nachbarn sowie die Klosterleute auf und bat sie, ein Auge auf ihn zu haben. Auch benützte ich noch einen schönen Tag zur Besteigung des Sennalpstocks. Von seiner halb runden, breiten Kuppe überschaute ich Gebirg und grüne Tale, blanke Wasser und den Dunst entfernter Städte. All dies hatte mich als Knaben mit mächtigem Verlangen erfüllt, ich war ausgezogen, mir die schöne, weite Welt zu erobern, und nun lag sie wieder vor mir ausgebreitet, so schön und so fremd wie je, und ich war bereit, aufs neue hinüberzugehen und noch einmal das Land des Glückes zu suchen.

Meinen Studien zuliebe hatte ich längst beschlossen, einmal für längere Zeit nach Assisi zu gehen. Ich fuhr nun zunächst nach Basel zurück, besorgte das Nötigste, packte meine paar Sachen ein und schickte sie nach Perugia voraus. Ich selber fuhr nur bis Florenz und pilgerte von dort langsam und behaglich zu Fuße südwärts. Dort unten braucht man zum freundschaftlichen Verkehr mit dem Volke keinerlei Künste zu verstehen; das Leben dieser Leute liegt stets an der Oberfläche und ist so simpel, frei und naiv, daß man von Städtchen zu Städtchen sich mit einer Menge von Leuten harmlos befreundet. Ich fühlte mich wieder geborgen und heimisch und beschloß, auch später in Basel die wärmende Nähe menschlichen Lebens nicht wieder in der Gesellschaft, sondern unter dem schlichten Volke zu suchen.

In Perugia und Assisi bekam meine historische Arbeit wieder Interesse und Leben. Da auch das tägliche Dasein dort eine Lust war, begann mein schadhaft gewordenes Wesen bald wieder zu gesunden und neue Notbrücken zum Leben zu schlagen. Meine Hauswirtin in Assisi, eine redselige und fromme Gemüsehändlerin, schloß auf Grund einiger Gespräche über den Santo eine innige Freundschaft mit mir und brachte mich in den Geruch eines strammen Katholiken. So unverdient diese Ehre war, brachte sie mir doch den Vorteil, mit den Leuten intimer umgehen zu können, da ich frei vom Verdacht des Heidentums war, der sonst jedem Fremden anhaftet. Die Frau hieß Annunziata Nardini, war vierunddreißig Jahre alt und Witwe, von kolossalem Körperumfang und sehr guten Manieren. Sonntags sah sie in einem geblümten, fröhlich farbigen Kleid wie der leibhaftige Festtag aus, dann trug sie außer den Ohrringen auch noch eine goldene Kette auf der Brust, an welcher eine Reihe von Medaillen aus Goldblech läutete und leuchtete. Auch schleppte sie dann ein silberbeschlagenes, schweres Brevier mit sich herum, dessen Gebrauch ihr jedenfalls schwer gefallen wäre, und einen schönen schwarzweißen Rosenkranz mit Silberkettchen, den sie desto gewandter handhaben konnte. Wenn sie dann zwischen zwei Kirchgängen in der Loggetta saß und den bewundernden Nachbarinnen die Sünden abwesender Freundinnen aufzählte, lag auf ihrem runden, frommen Gesicht der rührende Ausdruck einer mit Gott versöhnten Seele.

Ich hieß, da mein Name den Leuten unmöglich auszusprechen war, einfach Signor Pietro. An den schönen, goldigen Abenden saßen wir beisammen in der winzigen Loggetta, Nachbarn, Kinder und Katzen dabei, oder im Laden zwischen den Früchten, Gemüsekörben, Samenschachteln und aufgehängten Rauchwürsten, erzählten einander unsre Erlebnisse, besprachen die Ernteaussichten, rauchten eine Zigarre oder sogen jeder an einem Melonenschnitz. Ich berichtete vom heiligen Franz, von der Geschichte der Portiunkula und der Kirche des Santo, von der heiligen Klara und von den ersten Brüdern. Ernsthaft hörte man zu, stellte tausend kleine Fragen, lobte den Heiligen und ging zur Erzählung und Erörterung neuerer und sensationeller Ereignisse über, unter welchen Räubergeschichten und politische Fehden besonders beliebt waren. Zwischen uns spielten und balgten sich die Katzen, Kinder und Hündlein. Aus eigener Lust und um meinen guten Ruf aufrechtzuerhalten, durchstöberte ich die Legende nach erbaulichen und rührenden Geschichten und freute mich, neben wenigen anderen Büchern aus Arnolds »Leben der Altväter und anderer gottseliger Personen« mitgebracht zu haben, dessen treuherzige Anekdoten ich mit kleinen Variationen in ein vulgäres Italienisch übertrug. Vorübergehende blieben ein Weilchen stehen, hörten zu, plauderten mit, und oft wechselte so die Gesellschaft an einem Abend drei-, viermal, nur Frau Nardini und ich waren seßhaft und fehlten nie. Ich hatte meinen Rotwein im Fiasco neben mir stehen und imponierte dem armen und mäßig lebenden Völklein durch meinen stattlichen Weinverbrauch. Allmählich wurden auch die scheuen Mädchen der Nachbarschaft zutraulicher und beteiligten sich am Gespräch von der Türschwelle aus, ließen sich Bildchen schenken und begannen, an meine Heiligkeit zu glauben, da ich weder zudringliche Scherze machte noch überhaupt mich um ihre Vertraulichkeit zu bemühen schien. Unter ihnen waren einige großäugige, träumerische Schönheiten, welche aus Bildern des Perugino zu stammen schienen. Ich hatte sie alle gern und freute mich ihrer gutmütig schalkhaften Gegenwart, doch war ich nie in eine von ihnen verliebt, denn die hübschen unter ihnen glichen einander so sehr, daß ihre Schönheit mir stets nur als Rasse und nie als persönlicher Vorzug erschien. Öfters stellte sich auch Matteo Spinelli ein, ein junges Bürschchen, Sohn des Bäckermeisters, ein geriebener und witziger Kerl. Er konnte eine Menge Tiere nachahmen, wußte über jeden Skandal Bescheid und stak zum Bersten voll von frechen und schlauen Unternehmungen. Wenn ich Legenden erzählte, hörte er mit einer Frömmigkeit und Demut ohnegleichen zu, machte sich nachher aber über die heiligen Väter in naiv vorgebrachten boshaften Fragen, Vergleichen und Vermutungen lustig, zum Entsetzen der Obstfrau und unverhohlenen Entzücken der meisten Zuhörer.

Häufig saß ich auch allein bei Frau Nardini, hörte ihre erbaulichen Reden an und hatte meine unheilige Freude an ihren zahlreichen Menschlichkeiten. Ihr entging kein Fehler und Laster an ihren Nächsten, sie wies ihnen im voraus peinlich abschätzend ihre Plätze im Fegefeuer an. Mich aber hatte sie ins Herz geschlossen und vertraute mir die kleinsten Erlebnisse und Beobachtungen offen und umständlich an. Sie fragte mich nach jedem kleinen Einkauf, wieviel ich bezahlt habe, und wachte darüber, daß ich nicht übervorteilt würde. Sie ließ sich die Lebensläufe der Heiligen erzählen und machte mich dafür mit den Geheimnissen des Obstkaufs, des Gemüsehandels und der Küche bekannt. Eines Abends saßen wir in der gebrechlichen Halle. Ich hatte zum rasenden Entzücken der Kinder und Mädchen ein Schweizerlied gesungen und einen Jodler losgelassen. Sie wanden sich vor Lust, imitierten den Klang der fremden Sprache und zeigten mir, wie komisch mein Kehlkopf beim Jodeln auf und nieder gestiegen sei. Da begann jemand von der Liebe zu sprechen. Die Mädchen kicherten, Frau Nardini verdrehte die Augen und seufzte sentimental, und schließlich ward ich bestürmt, meine eigenen Liebesgeschichten zu erzählen. Ich schwieg über Elisabeth, erzählte aber meine Kahnfahrt mit der Aglietti und meine verunglückte Liebeserklärung. Es war mir sonderbar, diese Geschichte, von der ich außer Richard niemandem je ein Wort anvertraut hatte, nun meiner neugierigen, umbrischen Gesellschaft zu erzählen, angesichts der südlich schmalen, steinernen Gassen und der Hügel, über welchen der rotgoldene Abend duftete. Ich erzählte ohne viel Reflexion, nach Art der alten Novellen, und doch war mein Herz dabei und ich hatte heimlich Furcht, die Zuhörer würden lachen und mich necken.

Aber als ich zu Ende war, hingen aller Augen teilnehmend traurig an mir.

»Ein so schöner Mann!« rief eines der Mädchen lebhaft

aus. »Ein so schöner Mann, und er hat eine unglückliche Liebe!«

Frau Nardini aber fuhr mir mit ihrer weichen, runden Hand vorsichtig übers Haar und sagte: »Poverino!«

Ein anderes Mädchen schenkte mir eine große Birne, und da ich sie bat, den ersten Biß darein zu tun, tat sie es und sah mich dabei ernsthaft an. Als ich aber auch die andern beißen lassen wollte, litt sie es nicht. »Nein, essen Sie selbst! Ich habe sie Ihnen geschenkt, weil Sie uns Ihr Unglück erzählt haben.«

»Aber Sie werden nun gewiß eine andere lieben«, sagte ein brauner Weinbauer.

»Nein«, sagte ich.

»Oh, Sie lieben immer noch diese böse Erminia?«

»Ich liebe jetzt den heiligen Franz, und er hat mich gelehrt, alle Menschen liebzuhaben, euch und die Leute von Perugia und auch alle diese Kinder hier, und sogar den Geliebten der Erminia.«

Eine gewisse Verwicklung und Gefahr kam in dies idyllische Dasein, als ich entdeckte, daß die gute Signora Nardini von dem sehnlichen Wunsch beseelt war, ich möchte endgültig dableiben und sie heiraten. Die kleine Affäre bildete mich zum listigen Diplomaten aus, denn es war keineswegs leicht, diese Träume zu zerstören, ohne die Harmonie zu verderben und die behagliche Freundschaft zu verscherzen. Auch mußte ich an die Rückreise denken. Wäre nicht der Traum meiner zukünftigen Dichtung und die drohende Ebbe meiner Kasse gewesen, so wäre ich dortgeblieben. Ich hätte vielleicht auch, gerade der Ebbe wegen, die Nardini geheiratet. Doch nein, was mich abhielt, war mein noch nicht vernarbter Schmerz um Elisabeth und das Verlangen, sie wiederzusehen.

Die runde Witwe fügte sich wider Erwarten leidlich ins Unabänderliche und ließ mich ihre Enttäuschung nicht entgelten. Als ich abreiste, fiel mir vielleicht der Abschied viel schwerer als ihr. Ich verließ viel mehr, als ich je in der Heimat verlassen hatte, und nie war mir bei einer Abreise die Hand so herzlich und von so vielen lieben Menschen gedrückt worden. Die Leute gaben mir Früchte, Wein, süßen Schnaps, Brot und eine Wurst mit in den Wagen, und ich hatte das ungewohnte Gefühl, von Freunden zu scheiden, denen es nicht einerlei war, ob ich ging oder blieb. Frau Annunziata Nardini aber gab mir beim Scheiden einen Kuß auf beide Wangen und hatte Tränen in den Augen.

Früher hatte ich geglaubt, es müsse ein besonderer Genuß sein, geliebt zu werden, ohne selbst zu lieben. Ich hatte jetzt erfahren, wie peinlich eine solche sich darbietende Liebe ist, die man nicht erwidern kann. Und doch war ich ein wenig stolz darauf, daß eine fremde Frau mich liebte und zum Manne wünschte.

Schon diese kleine Eitelkeit bedeutete ein Stück Genesung für mich. Frau Nardini tat mir leid, und doch wünschte ich die Sache nicht ungeschehen. Auch sah ich allmählich immer mehr ein, daß das Glück mit der Erfüllung äußerer Wünsche wenig zu tun habe und daß die Leiden verliebter Jünglinge, so peinlich sie seien, aller Tragik entbehren. Es tat ja weh, daß ich Elisabeth nicht haben konnte. Aber mein Leben, meine Freiheit, Arbeit und Denkweise blieb mir unverkürzt, und aus der Ferne liebhaben konnte ich sie ja nach wie vor, soviel ich wollte. Diese Gedankengänge und noch mehr die naive Heiterkeit meines Daseins in den umbrischen Monaten waren mir überaus heilsam gewesen. Von jeher hatte ich ein Auge für alles Lächerliche und Schnurrige gehabt und mir nur die Freude daran selber durch Ironie verdorben. Nun ging mir allmählich der Blick für den Humor des Lebens auf, und es schien mir immer möglicher und leichter, mich mit meinen Sternen zu versöhnen und mir von der Tafel des Lebens noch den einen oder anderen schönen Bissen zu gönnen.

Freilich, wenn man von Italien heimreist, ist es immer so. Man pfeift auf Prinzipien und Vorurteile, lächelt nachsichtig, trägt die Hände in den Hosentaschen und kommt sich als durchtriebener Lebenskünstler vor. Man ist eine Weile im wohlig warmen Volksleben des Südens mitgeschwommen und denkt nun, das müsse zu Hause so weitergehen. Auch mir war es bei jeder Rückkehr aus Italien so gegangen und damals am meisten. Als ich nach Basel kam und dort das alte, steife Leben unverjüngt und unveränderlich antraf, stieg ich von der Höhe meiner Heiterkeit eine Stufe um die andere kleinlaut und ärgerlich herab. Aber etwas von dem Erworbenen keimte doch weiter, und seither trieb mein Schifflein durch klare und trübe Wasser nie mehr, ohne wenigstens einen kleinen farbigen Wimpel frech und zutraulich flattern zu lassen.

Auch sonst hatten sich meine Anschauungen langsam verändert. Ich fühlte mich ohne großes Bedauern den Jugendjahren entwachsen und den Zeiten entgegenreifen, da man das eigene Leben als eine kurze Wegstrecke betrachten lernt und sich selbst als Wanderer, dessen Gänge und schließliches Verschwinden die Welt nicht groß erregen und beschäftigen. Man behält ein Lebensziel, einen Lieblingstraum im Auge, aber man kommt sich nimmer unentbehrlich vor und gönnt sich unterwegs des öfteren Muße, um ohne Gewissensbisse eine Tagesstrecke zu versäumen, sich ins Gras zu legen, einen Vers zu pfeifen und der lieben Gegenwart ohne Hintergedanken froh zu werden. Bisher war ich, ohne daß ich jemals zu Zarathustra gebetet hatte, doch eigentlich ein Herrenmensch gewesen und hatte es weder an Selbstverehrung noch an der Mißachtung geringerer Leute fehlen lassen. Nun sah ich allmählich immer besser, daß es keine festen Grenzen gibt und daß im Kreise der Kleinen, Bedrückten und Armen das Dasein nicht nur ebenso mannigfalt, sondern zumeist auch wärmer, wahrhaftiger und vorbildlicher ist als das der Begünstigten und Glänzenden.

Übrigens kam ich gerade rechtzeitig nach Basel zurück, um an der ersten Abendgesellschaft im Hause der inzwischen verheirateten Elisabeth teilzunehmen. Ich war vergnügt, noch frisch und braun von der Reise, und brachte eine Menge lustiger, kleiner Erinnerungen mit. Die schöne Frau beliebte mich durch eine feine Vertraulichkeit auszuzeichnen, und ich freute mich den ganzen Abend meines Glückes, das mir seinerzeit die Blamage einer verspäteten Werbung erspart hatte. Denn trotz meiner italienischen Erfahrung hatte ich immer noch ein leises Mißtrauen gegen die Frauen, als müßten sie an den hoffnungslosen Qualen der in sie verliebten Männer ihre grausame Freude haben. Zur lebhaftesten Veranschaulichung eines solchen entehrenden und peinlichen Zustandes diente mir eine kleine Erzählung aus dem Kinderschulleben, die ich einst aus dem Mund eines fünfjährigen Knaben vernommen hatte. In der Kinderschule, die er besuchte, herrschte folgender merkwürdige und symbolische Brauch. Hatte ein Knabe sich einer allzu starken Unart schuldig gemacht und es sollten ihm dafür die Höslein gespannt werden, so wurden sechs kleine Mädchen beordert, den Widerstrebenden in der zu jener Züchtigung erforderlichen peinlichen Lage auf der Bank festzuhalten. Da dies Festhaltendürfen als Hochgenuß und große Ehre galt, wurden nur jeweils die sechs artigsten Mädchen, die zeitweiligen Tugendausbünde, der grausamen Wonne teilhaftig. Die spaßige Kindergeschichte gab mir zu denken und hat sich sogar ein paarmal in meine Träume geschlichen, so daß ich wenigstens aus Traumerfahrung weiß, wie elend einem in solcher Lage ums Herz ist.

7

Vor meiner Schriftstellerei hatte ich nach wie vor selber keinen Respekt. Ich konnte von meiner Arbeit leben, kleine Ersparnisse zurücklegen und gelegentlich auch meinem Vater etwas Geld senden. Er trug es freudig ins Wirtshaus, sang dort mein Lob in allen Tonarten und dachte sogar daran, mir einen Gegendienst zu leisten. Ich hatte ihm nämlich einmal gesagt, daß ich mein Brot zumeist durch Zeitungsartikel verdiene. Er hielt mich für einen Redakteur oder Berichterstatter, wie die ländlichen Bezirksblätter sie haben, und nun diktierte er dreimal väterliche Briefe an mich, in welchen er mir Ereignisse mitteilte, die ihm wichtig schienen und von denen er glaubte, sie würden mir Stoff geben und Geld einbringen. Einmal war es ein Scheunenbrand, dann der Absturz zweier Bergtouristen und das drittemal das Ergebnis einer Schulzenwahl. Diese Mitteilungen waren schon in einen grotesk tönenden Zeitungsstil gebracht und machten mir wirkliche Freude, denn es waren doch Zeichen einer freundlichen Verbindung zwischen ihm und mir und seit Jahren die ersten Briefe, die ich aus der Heimat erhielt. Sie erquickten mich auch als ungewollte Verhöhnung meiner Schreiberei; denn ich besprach Monat für Monat manches Buch, dessen Erscheinen hinter jenen ländlichen Ereignissen an Wichtigkeit und Folgen weit zurückstand.

Es erschienen damals gerade zwei Bücher von Verfassern, die ich als extravagante lyrische Jünglinge seinerzeit in Zürich gekannt hatte. Der eine lebte nun in Berlin und wußte viel Schmutziges aus Cafés und Bordellen der Großstadt zu schildern. Der zweite hatte sich in der Umgebung von München eine luxuriöse Einsiedelei erbaut und taumelte zwischen neurasthenischen Selbstbetrachtungen und spiritistischen Anregungen verächtlich und hoffnungslos hin und her. Ich mußte die Bücher besprechen und machte mich natürlich über beide harmlos lustig. Vom Neurastheniker kam nur ein verachtungsvoller Brief in wahrhaft fürstlichem Stil. Der Berliner aber machte in einer Zeitschrift Skandal, fand sich in seinem ernsten Wollen verkannt, stützte sich auf Zola und machte aus meiner verständnislosen Kritik nicht nur mir, sondern dem eingebildeten und prosaischen Geist der Schweizer überhaupt einen Vorwurf. Der Mann hatte damals in Zürich vielleicht die einzige einigermaßen gesunde und würdige Zeit seines Literatenlebens gehabt.

Nun war ich nie ein sonderlicher Patriot gewesen, aber das war mir doch etwas zu stark berlinert, und ich erwiderte dem Unzufriedenen mit einer langen Epistel, in der ich mit meiner Geringschätzung der aufgeblasenen Großstadtmoderne nicht gerade hinterm Berge hielt.

Diese Zänkerei tat mir wohl und nötigte mich, wieder einmal über meine Auffassung des modernen Kulturlebens nachzudenken. Die Arbeit war mühsam und langwierig und förderte wenig erquickliche Resultate zu Tag. Mein Büchlein verliert nichts, wenn ich darüber schweige.

Zugleich aber zwangen mich diese Betrachtungen, über mich selbst und mein lang geplantes Lebenswerk eindringlicher nachzudenken.

Ich hatte, wie man weiß, den Wunsch, in einer größeren Dichtung den heutigen Menschen das großzügige, stumme Leben der Natur nahe zu bringen und lieb zu machen. Ich wollte sie lehren, auf den Herzschlag der Erde zu hören, am Leben des Ganzen teilzunehmen und im Drang ihrer kleinen Geschicke nicht zu vergessen, daß wir nicht Götter und von uns selbst geschaffen, sondern Kinder und Teile der Erde und des kosmischen Ganzen sind. Ich wollte daran erinnern, daß gleich den Liedern der Dichter und gleich den Träumen unsrer Nächte auch Ströme, Meere, ziehende Wolken und Stürme Symbole und Träger der Sehnsucht sind, welche zwischen Himmel und Erde ihre Flügel ausspannt und deren Ziel die zweifellose Gewißheit vom Bürgerrecht und von der Unsterblichkeit alles Lebenden ist. Der innerste Kern jedes Wesens ist dieser Rechte sicher, ist Gottes Kind und ruht ohne Angst im Schoß der Ewigkeit. Alles Schlechte, Kranke, Verdorbene aber, das wir in uns tragen, widerspricht und glaubt an den Tod.

Ich wollte aber auch die Menschen lehren, in der brüderlichen Liebe zur Natur Quellen der Freude und Ströme des Lebens zu finden; ich wollte die Kunst des Schauens, des Wanderns und Genießens, die Lust am Gegenwärtigen predigen. Gebirge, Meere und grüne Inseln wollte ich in einer verlokkend mächtigen Sprache zu euch reden lassen und wollte euch zwingen, zu sehen, was für ein maßlos vielfältiges, treibendes Leben außerhalb eurer Häuser und Städte täglich blüht und überquillt. Ich wollte erreichen, daß ihr euch schämet, von ausländischen Kriegen, von Mode, Klatsch, Literatur und Künsten mehr zu wissen als vom Frühling, der vor euren Städten sein unbändiges Treiben entfaltet, und als vom Strom, der unter euren Brücken hinfließt, und von den Wäldern und herrlichen Wiesen, durch welche eure Eisenbahn rennt. Ich wollte euch erzählen, welche goldene Kette unvergeßlicher Genüsse ich Einsamer und Schwerlebiger in dieser Welt gefunden hatte, und wollte, daß ihr, die ihr vielleicht glücklicher und froher seid als ich, mit noch größeren Freuden diese Welt entdecket.

Und ich wollte vor allem das schöne Geheimnis der Liebe in eure Herzen legen. Ich hoffte, euch zu lehren, allem Lebendigen rechte Brüder zu sein und so voll Liebe zu werden, daß ihr auch das Leid und auch den Tod nicht mehr fürchten, sondern als ernste Geschwister ernst und geschwisterlich empfangen würdet, wenn sie zu euch kämen.

Das alles hoffte ich nicht in Hymnen und hohen Liedern, sondern schlicht, wahrhaftig und gegenständlich darzustellen, ernsthaft und scherzhaft, wie ein heimgekehrter Reisender seinen Kameraden von draußen erzählt.

Ich wollte – ich wünschte – ich hoffte –, das klingt nun freilich komisch. Auf den Tag, an welchem dies viele Wollen einen Plan und Umriß bekäme, wartete ich noch immer. Aber ich hatte wenigstens viel gesammelt. Nicht nur im Kopf, sondern auch in einer Menge von schmalen Büchlein, die ich auf Reisen und Märschen in der Tasche trug und von denen alle paar Wochen eines voll wurde. Da hatte ich knapp und kurz Notizen über alles Sichtbare in der Welt aufgeschrieben, ohne Reflexionen und ohne Verbindungen. Es waren Skizzenhefte wie die eines Zeichners, und sie enthielten in kurzen Worten lauter reale Dinge: Bilder aus Gassen und Landstraßen, Silhouetten von Gebirgen und Städten, erlauschte Gespräche von Bauern, Handwerksburschen, Marktweibern, ferner Wetterregeln, Notizen über Beleuchtungen, Winde, Regen, Gestein, Pflanzen, Tiere, Vogelflug, Wellenbildungen, Meerfarbenspiel und Wolkenformen. Gelegentlich hatte ich auch kurze Geschichten daraus bearbeitet und veröffentlicht, als Natur- und Wanderstudien, doch alles ohne Beziehungen zum Menschlichen. Mir war die Geschichte eines Baumes, ein Tierleben oder die Reise einer Wolke auch ohne menschliche Staffage interessant genug gewesen.

Daß eine größere Dichtung, in welcher überhaupt keine Menschengestalten auftreten, ein Unding sei, war mir schon öfters durch den Kopf gegangen, doch hing ich jahrelang an diesem Ideal und hegte die dunkle Hoffnung, es möchte vielleicht einmal eine große Inspiration dies Unmögliche überwinden. Nun sah ich endgültig ein, daß ich meine schönen Landschaften mit Menschen bevölkern müsse und daß diese gar nicht natürlich und treu genug dargestellt werden könnten. Da war endlich viel nachzuholen, und ich hole heute noch daran nach. Bis dahin waren die Menschen insgesamt ein Ganzes und im Grunde Fremdes für mich gewesen. Neuerdings lernte ich, wie lohnend es ist, statt einer abstrakten Menschheit Einzelne zu kennen und zu studieren, und meine Notizbüchlein und mein Gedächtnis füllten sich mit ganz neuen Bildern.

Der Anfang dieser Studien war ganz erfreulich. Ich trat aus meiner naiven Gleichgültigkeit heraus und gewann Interesse an mancherlei Leuten. Ich sah, wie viel Selbstverständliches mir fremd geblieben war, aber ich sah auch, wie das viele Wandern und Schauen mir die Augen geöffnet und geschärft hatte. Und da von jeher eine Vorliebe mich zu ihnen gezogen hatte, gab ich mich besonders gerne und häufig mit Kindern ab.

Immerhin war das Beobachten der Wolken und Wellen erfreulicher gewesen als das Menschenstudieren. Mit Erstaunen nahm ich wahr, daß der Mensch von der übrigen Natur sich vor allem durch eine schlüpfrige Gallert von Lüge unterscheidet, die ihn umgibt und schützt. In Kürze beobachtete ich an allen meinen Bekannten dieselbe Erscheinung – das Ergebnis des Umstandes, daß jeder eine Person, eine klare Figur vorzustellen genötigt wird, während doch keiner sein eigenstes Wesen kennt. Mit sonderbaren Gefühlen stellte ich an mir selber dasselbe fest und gab es nun auf, den Personen auf den Kern dringen zu wollen. Bei den meisten war die Gallert viel wichtiger. Ich fand sie überall auch schon an den Kindern, welche stets, bewußt oder unbewußt, lieber eine Rolle mimen, als sich ganz unverhüllt und instinktiv kundgeben.

Nach einiger Zeit kam es mir vor, ich mache keine Fortschritte mehr und verliere mich an spielerische Einzelheiten. Zunächst suchte ich den Fehler bei mir selbst, doch konnte ich mir bald nicht mehr verhehlen, daß ich enttäuscht war und daß meine Umgebung mir die Menschen nicht gab, die ich suchte. Ich brauchte nicht Interessantheiten, sondern Typen. Das bot mir weder das Volk der Akademiker noch der Kreis der Gesellschaftsmenschen. Mit Sehnsucht dachte ich an Italien, und mit Sehnsucht an die einzigen Freunde und Begleiter meiner vielen Fußreisen, die Handwerksburschen. Mit solchen war ich viel gewandert und hatte unter ihnen viele prachtvolle Burschen gefunden.

Es war vergeblich, die Herberge zur Heimat und einige wilde Pennen aufzusuchen. Die Menge der unständigen Durchwanderer diente mir nicht. So stand ich denn wieder eine Weile ratlos, hielt mich an die Kinder und studierte viel in Kneipen herum, wo natürlich auch nichts zu holen war. Es kamen ein paar traurige Wochen, da ich mir mißtraute, meine Hoffnungen und Wünsche lächerlich übertrieben fand, mich viel im Freien umhertrieb und wieder halbe Nächte beim Wein verbrütete.

Auf meinen Tischen hatten sich damals wieder ein paar Stöße von Büchern angesammelt, die ich gern behalten hätte, statt sie dem Antiquar zu geben; doch war kein Raum in meinen Schränken mehr. Um endlich abzuhelfen, suchte ich eine kleine Schreinerei auf und bat den Meister, zum Ausmessen eines Bücherschafts in meine Wohnung zu kommen.

Er kam, ein kleiner, langsamer Mann mit bedächtigen Manieren, er maß den Raum aus, kniete am Boden, streckte den

Meterstab zur Decke, stank ein wenig nach Leim und notierte eine Zahl um die andere behutsam mit zollgroßen Ziffern in sein Notizbuch. Zufällig geschah es, daß er bei seinem Hantieren an einen mit Büchern beladenen Sessel stieß. Ein paar Bände fielen herunter, und er bückte sich, sie aufzuheben. Unter den Büchern war ein kleines Handlexikon der Handwerksburschensprache. Man findet den kleinen Kartonband fast in allen deutschen Handwerksburschenherbergen, ein gut gemachtes und ergötzliches Büchlein.

Der Schreiner, als er das ihm wohlbekannte Bändchen sah, blickte kurios zu mir herüber, halb belustigt und halb mißtrauisch.

»Was gibt's?« fragte ich.

»Mit Verlaub, ich sehe da ein Buch, das ich auch kenne. Haben Sie das wirklich studiert?«

»Studiert hab ich die Kundensprache auf der Landstraße«, erwiderte ich, »aber man schlägt schon gern einmal einen Ausdruck nach.«

»Wahrhaftig!« rief er. »Ja sind Sie denn selber einmal auf der Walze gewesen?«

»Nicht ganz so, wie Sie meinen. Aber gewandert bin ich genug und habe in mancher Penne übernachtet.«

Er hatte unterdes die Bücher wieder aufgeschichtet und wollte gehen.

»Wo haben Sie sich denn seinerzeit herumgeschlagen?« fragte ich ihn.

»Von hier bis Koblenz und später noch auf Genf hinunter. Es war nicht meine schlechteste Zeit.«

»Haben Sie auch ein paarmal gebrummt?«

»Bloß einmal, in Durlach.«

»Sie müssen mir noch erzählen, wenn Sie wollen. Sehen wir uns einmal bei einem Schoppen?«

»Nicht gern, Herr. Aber wenn Sie einmal nach Feierabend zu mir hereinkommen und fragen: wie geht's? wie steht's? ist mir's schon recht. Wenn Sie nicht bloß Schindluder mit mir treiben wollen.«

Einige Tage später, es war bei Elisabeth offener Abend, blieb ich auf der Straße stehen und besann mich, ob ich nicht lieber zu meinem Schreiner gehen sollte. Und ich kehrte um, ließ den Gehrock zu Haus und besuchte den Schreiner. Die Werkstatt war schon geschlossen und dunkel, ich stolperte durch einen finsteren Hausflur und einen engen Hof, kletterte im Hinterhaus die Treppe auf und ab und fand schließlich an einer Türe ein geschriebenes Schild mit des Meisters Namen. Eintretend gelangte ich direkt in eine sehr kleine Küche, wo ein mageres Weib das Abendessen rüstete und zugleich über drei Kinder zu wachen hatte, welche den engen Raum mit Leben und erheblichem Getöse erfüllten. Befremdet führte mich die Frau in die nächste Stube, wo der Schreiner mit der Zeitung am dämmerigen Fenster saß. Er knurrte bedenklich, da er mich im Finstern für einen zudringlichen Kunden hielt, dann erkannte er mich und gab mir die Hand.

Da er überrascht und verlegen war, wandte ich mich den Kindern zu; sie flohen vor mir in die Küche zurück, und ich folgte nach. Da ich dort die Hausfrau eine Reisspeise bereiten sah, erwachten in mir die Erinnerungen an die Küche meiner umbrischen Padrona, und ich beteiligte mich an der Kocherei. Bei uns wird meistens der schöne Reis gewissenlos zu einer Art Kleister verkocht, welcher nach gar nichts schmeckt und widerlich klebrig zu essen ist. Auch hier war das Unglück schon im Gang, und ich konnte eben noch die Speise retten, indem ich nach Topf und Schaumlöffel langte und mich eiligst der Zubereitung selber annahm. Die Frau fügte sich und war erstaunt, der Reis gelang leidlich, wir trugen ihn auf, zündeten die Lampe an, und auch ich erhielt meinen Teller.

Die Schreinersfrau verwickelte mich an diesem Abend in so eingehende Gespräche über Küchenfragen, daß der Mann fast gar nicht zu Worte kam und wir die Erzählung seiner Wanderabenteuer auf ein andermal verschieben mußten. Übrigens spürten die Leutlein bald, daß ich nur äußerlich ein Herr, eigentlich aber ein Bauernsohn und Kind des armen

Volkes war, und so wurden wir schon am ersten Abend befreundet und vertraulich miteinander. Denn wie sie in mir den Gleichbürtigen erkannten, so witterte auch ich in dem ärmlichen Hauswesen die Heimatluft der kleinen Leute. Die Menschen hatten hier keine Zeit zu Feinheiten, zu Posen, zu Komödien, ihnen war das herbe, arme Leben auch ohne das Mäntelein der Bildung und höheren Interessen lieb und viel zu gut, um es mit schönen Reden zu tapezieren.

Immer öfter kam ich wieder und vergaß bei dem Schreiner nicht nur den lumpigen Gesellschaftskram, sondern auch meine Traurigkeit und Nöte. Mir war, ich fände hier ein Stück Kindheit für mich aufbewahrt und setze hier das Leben fort, welches seinerzeit die Patres abgebrochen hatten, als sie mich auf Schulen schickten.

Über eine rissige und schweißgelbe Landkarte veralteten Stils gebückt, verfolgte der Schreiner mit mir seine und meine Fahrten, und wir freuten uns über jedes Stadttor und jede Gasse, die wir beide kannten, wir frischten Handwerksburschenwitze auf und sangen sogar einmal mehrere von den ewigjungen Straubingerliedern. Wir sprachen von den Sorgen des Handwerks, vom Haushalt, von den Kindern, von städtischen Dingen, und ganz allmählich geschah es, daß der Meister und ich sachte die Rollen vertauschten und ich der Dankbare, er der Gebende und Lehrende war. Ich fühlte aufatmend, daß mich hier statt der Salontöne Realitäten umgaben.

Unter seinen Kindern fiel ein fünfjähriges Mädchen durch seine zarte Besonderheit auf. Sie hieß Agnes, doch rief man ihr Agi, war blond, blaß und von schmächtigen Gliedern, hatte schüchterne, weite Augen und eine sanfte Scheu im Wesen. Eines Sonntags, als ich die Familie zu einem Spaziergang abholen wollte, war Agi krank. Die Mutter blieb bei ihr, wir anderen pilgerten langsam zur Stadt hinaus. Hinter Sankt Margreten setzten wir uns auf eine Bank, die Kinder liefen Steinen, Blumen und Käfern nach, und wir Männer überschauten die sommerlichen Wiesen, den Binninger

Friedhof und den schönen, bläulichen Zug des Jura. Der Schreiner war müde, bedrückt und still und schien Sorgen zu haben.

»Wo fehlt's, Meister?« fragte ich, als die Kinder weit genug weg waren. Er sah mir verloren und traurig ins Gesicht.

»Sehen Sie's denn nicht?« fing er an. »Die Agi will mir sterben. Ich weiß es schon lang und hab mich gewundert, daß sie nur so alt geworden ist, sie hat ja immer den Tod in den Augen gehabt. Aber jetzt müssen wir daran glauben.«

Ich fing zu trösten an, doch hörte ich bald von selber auf.

»Sehen Sie«, lachte er traurig. »Sie glauben ja auch nicht daran, daß das Kind durchkommt. Ich bin kein Stündler, wissen Sie, und geh auch nur alle Jubeljahr einmal in die Kirche, aber das spür ich wohl, daß jetzt der Herrgott ein Wörtlein mit mir reden will. 's ist ja nur ein Kind, und gesund ist sie nie gewesen, aber weiß Gott, sie war mir lieber als die andern zusammen.«

Mit Gejodel und tausend kleinen Fragen kamen die Kinder dahergerannt, umdrängten mich, ließen sich die Namen der Blumen und Gräser von mir sagen und wollten schließlich Geschichten erzählt haben. Da erzählte ich ihnen von den Blumen, Bäumen und Büschen, daß sie gleich den Kindern jedes eine Seele und jedes seinen Engel haben. Auch der Vater hörte zu, lächelte und gab je und je seine leise Bekräftigung. Wir sahen die Berge blauer werden, hörten Abendgeläute und gingen heim. Auf den Wiesen lag ein rötlicher Abendhauch, die fernen Münstertürme ragten klein und dünn in die warme Luft, am Himmel ging das Sommerblau in die schöne grünliche und goldige Farbe über, die Bäume hatten lange Schatten. Die Kleinen waren müd und still geworden. Sie dachten an die Engel der Mohnblüten, Nelken und Glockenblumen, indes wir Alten an die kleine Agi dachten, deren Seele schon bereit war, Flügel zu empfangen und uns kleine, bange Schar zu verlassen.

In den zwei nächsten Wochen ging es gut. Das Mädchen schien zu genesen, konnte für Stunden das Bett verlassen und sah in ihren kühlen Kissen hübscher und vergnügter aus als je. Dann kamen ein paar fiebrige Nächte, und nun sahen wir, ohne mehr davon zu reden, daß das Kind nur noch für Wochen oder Tage unser Gast sein würde. Nur einmal kam ihr Vater darauf zu sprechen. Es war in der Werkstatt. Ich sah ihn im Brettervorrat stöbern und wußte von selber, daß er daran ging, die Stücke für einen Kindersarg zusammenzusuchen.

»Es muß doch nächstens geschehen«, sagte er, »und da mach ich es lieber nach Feierabend für mich allein.«

Ich saß auf einer Hobelbank, während er an der anderen arbeitete. Als die Bretter sauber behobelt waren, zeigte er sie mir mit einer Art von Stolz. Es war ein schönes, gesund gewachsenes, fehlerloses Tannenholz.

»Ich will auch keinen Nagel hineinschlagen, sondern die Teile schön ineinanderpassen, daß es ein gutes und dauerhaftes Stück gibt. Aber für heute ist's genug, wir wollen zur Frau hinaufgehen.«

Die Tage vergingen, heiße, wundervolle Hochsommertage, und ich saß jeden Tag eine Stunde oder zwei bei der kleinen Agi, erzählte ihr von den schönen Wiesen und Wäldern, hielt ihr leichtes schmales Kinderhändlein in meiner breiten Hand und sog mit ganzer Seele die liebe, lichte Anmut ein, die bis zum letzten Tage um sie her war.

Alsdann standen wir ängstlich und traurig dabei und sahen, wie der kleine magere Körper noch einmal Kräfte sammelte, um mit dem starken Tode zu kämpfen, der sie schnell und leicht bezwang. Die Mutter war still und stark; der Vater lag über der Bettstatt und nahm hundertmal Abschied, streichelte das Blondhaar und liebkoste seinen toten Liebling.

Es kam die schlichte, kurze Feier der Beerdigung, und die beklommenen Abende, da die Kinder nebenan in ihren Betten weinten. Es kamen die schönen Gänge auf den Friedhof, wo wir das frische Grab bepflanzten und ohne zu sprechen beieinander auf der Bank in den kühlen Anlagen saßen und an die Agi dachten und mit anderen Augen als sonst die Erde betrachteten, in der unser Liebling lag, und die Bäume und den

Rasen, die darüber wuchsen, und die Vögel, deren Spiel ungehemmt und fröhlich durch den stillen Friedhof klang.

Daneben ging der strenge Werktag seinen Lauf, die Kinder sangen wieder, balgten sich, lachten und wollten Geschichten hören, und wir alle gewöhnten uns unvermerkt daran, unsre Agi nimmer zu sehen und einen schönen, kleinen Engel im Himmel zu haben.

Über alledem hatte ich die Gesellschaften des Professors gar nicht mehr und das Haus Elisabeths nur wenigemal besucht, und dann war mir im lauen Strom der Gespräche sonderbar ratlos und beklommen zumut gewesen. Jetzt suchte ich beide Häuser auf und fand an beiden geschlossene Türen, da alles längst auf dem Lande war. Erst jetzt bemerkte ich mit Erstaunen, daß ich die heiße Jahreszeit und das Ferienmachen über der Freundschaft mit dem Schreinerhaus und über der Krankheit des Kindes ganz vergessen hatte. Früher wäre es mir ganz unmöglich gewesen, den Juli und August in der Stadt zu bleiben.

Ich nahm für kurze Zeit Abschied und unternahm eine Fußreise durch den Schwarzwald, die Bergstraße und den Odenwald. Unterwegs war es mir ein ungewohntes Vergnügen, den Basler Schreinerskindern aus schönen Orten Ansichtskarten zu senden und überall mir vorzustellen, wie ich ihnen und ihrem Vater später von der Reise erzählen würde.

In Frankfurt beschloß ich, mir noch ein paar Reisetage zu gönnen. In Aschaffenburg, Nürnberg, München und Ulm genoß ich mit neuer Lust die Werke der alten Kunst, und schließlich machte ich noch ganz harmlos einen Halt in Zürich. Bisher, in all den Jahren, hatte ich diese Stadt wie ein Grab gemieden, nun schlenderte ich durch die bekannten Straßen, suchte die alten Kneipen und Gärten wieder auf und konnte ohne Schmerz der vergangenen schönen Jahre denken. Die Malerin Aglietti hatte geheiratet, und man sagte mir ihre Adresse. Gegen Abend ging ich hin, las an der Haustür ihres Mannes Namen, sah an den Fenstern hinauf und zögerte einzutreten. Da begannen die alten Zeiten mir lebendig zu werden, und meine Jugendliebe erwachte halb aus ihrem Schlaf mit leisem Schmerz. Ich kehrte um und habe mir das schöne Bild der geliebten, welschen Frau durch kein unnützes Wiedersehen verdorben. Weiterschlendernd besuchte ich den Seegarten, wo die Künstler damals ihr Sommernachtfest begangen hatten, schaute auch an dem Häuschen hinauf, in dessen Mansarde ich drei kurze, gute Jahre gehaust hatte, und über alle den Erinnerungen trat mir unversehens der Name Elisabeth auf die Lippen. Die neue Liebe war doch stärker als ihre älteren Schwestern. Sie war auch stiller, bescheidener und dankbarer.

Um mir die gute Stimmung zu bewahren, nahm ich ein Boot und ruderte behaglich langsam in den warmen, lichten See. Es wollte Abend werden, und am Himmel hing eine einzige schöne, schneeweiße Wolke. Ich hatte sie fortwährend im Auge und nickte ihr zu, an die Wolkenliebe meiner Kinderzeit denkend, und an Elisabeth, und auch an jene gemalte Wolke Segantinis, vor welcher ich Elisabeth einmal so schön und hingegeben hatte stehen sehen. Die durch kein Wort und unreines Begehren getrübte Liebe zu ihr hatte ich nie so beglückend und reinigend empfunden wie jetzt, da ich beim Anblick der Wolke ruhig und dankbar alles Gute meines Lebens übersah und statt der früheren Wirren und Leidenschaften nur die alte Sehnsucht der Knabenzeit in mir fühlte – auch sie reifer und stiller geworden.

Von jeher war ich gewohnt, zum ruhigen Takt der Ruderschläge irgend etwas zu summen oder zu singen. Ich sang auch jetzt leise vor mich hin und merkte erst im Singen, daß es Verse waren. Sie blieben mir im Gedächtnis, und ich schrieb sie zu Hause auf, als Andenken an den schönen Züricher Seeabend.

Wie eine weiße Wolke
Am hohen Himmel steht,
So weiß und schön und ferne
Bist du, Elisabeth.

Die Wolke geht und wandert,
Kaum hast du ihrer acht,
Und doch durch deine Träume
Geht sie in dunkler Nacht.

Geht und erglänzt so silbern,
Daß fortan ohne Rast
Du nach der weißen Wolke
Ein süßes Heimweh hast.

In Basel fand ich einen Brief aus Assisi für mich daliegen. Er war von Frau Annunziata Nardini und voll erfreulicher Nachrichten. Sie hatte nun doch einen zweiten Mann gefunden! Übrigens tue ich besser, ihn unverändert mitzuteilen.

»Hochgeehrter und sehr lieber Herr Peter!

Erlauben Sie Ihrer treuen Freundin die Freiheit, Ihnen einen Brief zu schreiben. Es hat Gott gefallen, mir ein großes Glück zu bescheren, und ich möchte Sie auf den zwölften Oktober zu meiner Hochzeit einladen. Er heißt Menotti und hat zwar wenig Geld, doch liebt er mich sehr und hat schon früher mit Früchten gehandelt. Er ist hübsch, aber nicht so groß und schön wie Sie, Herr Peter. Er wird auf der Piazza Obst verkaufen, während ich im Laden bleibe. Auch die schöne Marietta vom Nachbar wird heiraten, jedoch nur einen Maurer aus der Fremde.

Ich habe jeden Tag an Sie gedacht und vielen Leuten von Ihnen erzählt. Ich habe Sie sehr lieb und auch den Heiligen, welchem ich vier Kerzen zu Ihrem Andenken gestiftet habe. Auch Menotti wird sehr froh sein, wenn Sie zur Hochzeit kommen. Wenn er unfreundlich gegen Sie sein sollte, werde ich es ihm verbieten. Leider hat sich gezeigt, daß der kleine Matteo Spinelli wirklich, wie ich stets gesagt habe, ein Bösewicht ist. Er hat mir oft Zitronen gestohlen. Jetzt ist er hinweggebracht worden, weil er seinem Vater, dem Bäcker, zwölf Lire stahl und weil er den Hund des Bettlers Giangiacomo vergiftet hat.

Ich wünsche Ihnen den Segen Gottes und des Heiligen. Ich habe große Sehnsucht nach Ihnen.

Ihre untertänige und treue Freundin
Annunziata Nardini.

Nachschrift
Unsere Ernte war mäßig. Die Trauben standen sehr schlecht, auch Birnen gab es nicht genug, aber die Limonen waren sehr reichlich, nur mußten wir sie zu billig verkaufen. In Spello geschah ein schreckliches Unglück. Ein junger Mensch hat seinen Bruder mit einer Harke erschlagen, man weiß nicht weshalb, aber gewiß ist er eifersüchtig auf ihn gewesen, obwohl es sein eigener Bruder war.«

Leider konnte ich der verlockenden Einladung nicht folgen. Ich schrieb meinen Glückwunsch und stellte meinen Besuch aufs nächste Frühjahr in Aussicht. Dann ging ich mit dem Brief und mit einem mitgebrachten Nürnberger Geschenk für die Kinder zu meinem Schreinermeister.

Dort fand ich eine unerwartete große Veränderung. Abseits vom Tisch, gegen das Fenster hin, hockte eine groteske, schiefe Menschengestalt in einem Stuhl, der wie ein Kindersessel mit einer Brustwehr versehen war. Es war Boppi, der Bruder der Meistersfrau, ein armer halb gelähmter Verwachsener, für welchen nach dem kürzlich erfolgten Tod seiner alten Mutter nirgends sich ein Plätzchen gefunden hatte. Widerstrebend hatte ihn der Schreiner einstweilen zu sich genommen, und die beständige Gegenwart des kranken Krüppels lag wie ein Schrecken auf dem gestörten Hauswesen. Man hatte sich noch nicht an ihn gewöhnt; den Kindern graute vor ihm, die Mutter war mitleidig, verlegen und gedrückt, der Vater offenbar verstimmt.

Boppi hatte auf einem häßlichen Doppelhöcker ohne Hals einen großen, starkzügigen Kopf mit breiter Stirn, starker

Nase und schönem, leidendem Munde sitzen, die Augen waren klar, aber still und etwas verängstigt, und die merkwürdig kleinen und hübschen Hände lagen fortwährend weiß und ruhig auf der schmalen Brustwehr. Auch ich war befangen und verstimmt über den armen Eindringling, und zugleich war es mir peinlich, den Schreiner die kurze Geschichte des Kranken erzählen zu hören, während dieser daneben saß und auf seine Hände schaute, ohne von jemand angeredet zu werden. Krüppel war er von Geburt, doch hatte er die Volksschule durchgemacht und konnte jahrelang durch Strohflechten sich ein wenig nützlich machen, bis ihn wiederholte Gichtanfälle teilweise lähmten. Seit Jahren lag er nun entweder zu Bett oder saß in seinem sonderbaren Stuhl zwischen Kissen geklemmt. Die Frau wollte wissen, er habe früher viel und schön für sich gesungen, doch hatte sie ihn jahrelang nicht mehr gehört, und hier im Hause hatte er noch nie gesungen. Und während all dies erzählt und besprochen wurde, saß er da und blickte vor sich hin. Mir ward nicht wohl dabei, und ich ging bald wieder weg und blieb die nächsten Tage dem Hause fern.

Mein Leben lang war ich stark und gesund gewesen, hatte nie eine ernste Krankheit gehabt und die Leidenden, namentlich Krüppel, mit Mitleid, aber auch ein wenig verächtlich betrachtet; nun paßte es mir durchaus nicht, mein behaglich heiteres Leben in der Handwerkerfamilie durch die unerquickliche Last dieser elenden Existenz gestört zu finden. Ich verschob darum einen zweiten Besuch von Tag zu Tag und sann vergeblich nach, wie ich uns den lahmen Boppi vom Halse schaffen könnte. Es mußte sich irgendeine Möglichkeit finden, ihn mit geringen Kosten in einem Spital oder Pfründhaus unterzubringen. Mehrmals wollte ich den Schreiner aufsuchen, um mit ihm darüber zu beraten, doch scheute ich mich, ungefragt davon anzufangen, und vor der Begegnung mit dem Kranken hatte ich ein kindisches Grauen. Es war mir widerlich, ihn immer zu sehen, ihm die Hand geben zu müssen.

So ließ ich einen Sonntag verstreichen. Am zweiten Sonntag war ich schon im Begriff, mit einem Frühzug in den Jura auszufliegen, schämte mich dann aber doch meiner Feigheit, blieb da und ging nach Tisch zu dem Schreiner.

Mit Widerstreben gab ich Boppi die Hand. Der Schreiner war ärgerlich und schlug einen Spaziergang vor; er war, wie er mir mitteilte, des ewigen Elends überdrüssig, und ich freute mich, ihn meinen Vorschlägen zugänglich zu wissen. Die Frau wollte dableiben, da bat sie der Krüppel, sie möchte mitgehen, da er gut allein bleiben könne. Wenn er nur ein Buch und ein Glas Wasser neben sich habe, könne man ihn einschließen und unbesorgt zurücklassen.

Und wir, die wir uns doch sämtlich für ganz leidliche und gutherzige Leute hielten, schlossen ihn ein und gingen spazieren! Und wir waren vergnügt, hatten unsern Spaß mit den Kindern, freuten uns der schönen goldigen Herbstsonne, und keiner von uns schämte sich, und keinem schlug das Herz, daß wir den Lahmen allein im Hause hatten liegen lassen! Wir waren vielmehr froh, seiner für eine Weile ledig zu sein, atmeten erleichtert die klare, sonnenwarme Luft und boten den Anblick einer dankbaren und biederen Familie, die Gottes Sonntag mit Verstand und Dank genießt.

Erst als wir am Grenzacher Hörnli zu einem Glas Wein eingekehrt waren und im Wirtsgarten um den Tisch saßen, kam der Vater auf Boppi zu sprechen. Er klagte über den lästigen Gast, seufzte über die Beengung und Verteuerung seines Haushalts und schloß lachend mit der Bemerkung: »Na, hier draußen kann man wenigstens noch eine Stunde vergnügt sein, ohne daß er einen stört!«

Bei diesem unbedachten Wort sah ich plötzlich den armen Lahmen vor mir, flehend und leidend, ihn, den wir nicht liebten, den wir loszuwerden trachteten und der jetzt von uns verlassen und eingeschlossen einsam und traurig in der dämmernden Stube saß. Es fiel mir ein, daß es nun bald zu dunkeln beginnen müsse und daß er nicht imstande sein würde, Licht zu machen oder dem Fenster näher zu rücken. Also würde er das Buch weglegen und im Halbdunkel allein sitzen müssen ohne Gespräch oder Zeitvertreib, indes wir hier Wein tranken, lachten und uns vergnügten. Und es fiel mir ein, wie ich den Nachbarn in Assisi vom heiligen Franz erzählt hatte und wie ich geflunkert hatte, er hätte mich gelehrt, alle Menschen liebzuhaben. Wozu hatte ich das Leben des Heiligen studiert und seinen herrlichen Gesang der Liebe auswendig gelernt und seine Spuren auf den umbrischen Hügeln gesucht, wenn nun ein armer und hilfloser Mensch dalag und leiden mußte, während ich davon wußte und ihn trösten konnte?

Die Hand eines mächtigen Unsichtbaren legte sich auf mein Herz, drückte es nieder und füllte es mit so viel Scham und Schmerz, daß ich zitterte und unterlag. Ich wußte, daß Gott jetzt mit mir ein Wort reden wollte.

»Du Dichter!« sagte er, »du Schüler des Umbriers, du Prophet, der die Menschen Liebe lehren und beglücken will! Du Träumer, der in Winden und Wassern meine Stimme hören möchte!

Du liebst ein Haus«, sagte er, »wo man freundlich zu dir ist, wo du angenehme Stunden hast! Und am selben Tag, da ich dies Haus meiner Einkehr würdige, läufst du davon und sinnst darauf, mich zu vertreiben! Du Heiliger! Du Prophet! Du Dichter!«

Mir war genau so zumute, als würde ich vor einen reinen, untrüglichen Spiegel gestellt, und ich erblickte mich darin als einen Lügner, als einen Maulhelden, als einen Feigling und Wortbrüchigen. Das tut weh, das ist bitter, peinigend und schrecklich; aber was in diesem Augenblick in mir zerbrach und Qualen litt und sich verwundet bäumte, das war des Zerbrechens und Untergehens wert.

Gewaltsam und eilig nahm ich Abschied, ließ den Wein im Glase stehen und das angebrochene Brot auf dem Tische liegen und ging in die Stadt zurück. In meiner Erregung wurde ich von unausstehlicher Angst gepeinigt, es möchte ein Unglück geschehen sein. Es konnte Feuer ausbrechen, der hilflose Boppi konnte aus dem Stuhl gefallen sein und leidend oder tot am Boden liegen. Ich sah ihn daliegen, ich glaubte dabeizustehen und den stillen Vorwurf im Blick des Krüppels sehen zu müssen.

Atemlos erreichte ich die Stadt und das Haus, stürmte die Treppe hinan, und erst jetzt fiel mir ein, daß ich ja vor verschlossener Türe stehe und keinen Schlüssel besaß. Doch legte sich sogleich meine Angst. Denn ehe ich noch die Tür der Küche erreicht hatte, hörte ich drinnen Gesang. Es war ein sonderbarer Augenblick. Mit Herzklopfen und ganz außer Atem stand ich auf dem dunklen Absatz der Treppe und horchte, indem ich langsam wieder ruhig ward, auf das Singen des eingeschlossenen Krüppels. Er sang leise, weich und ein wenig klagend ein volkstümliches Liebeslied, vom »Blüemli wiß und rot«. Ich wußte, daß er lang nicht mehr gesungen hatte, nun rührte es mich, ihn zu belauschen, wie er die stille Stunde benützte, um in seiner Weise ein wenig froh zu sein.

Es ist nun einmal so: das Leben liebt es, neben ernste Ereignisse und tiefe Gemütsbewegungen das Komische zu stellen. So empfand ich denn auch sogleich das Lächerliche und Beschämende meiner Lage. In meiner plötzlichen Angst war ich eine Stunde weit über Feld herbeigerannt, um nun ohne Schlüssel vor der Küchenpforte zu stehen. Entweder mußte ich wieder abziehen oder dem Lahmen meine guten Absichten durch zwei geschlossene Türen hindurch zuschreien. Auf der Treppe stand ich mit meinem Vorsatz, den Armen zu trösten, ihm Teilnahme zu zeigen und die Stunden zu verkürzen, und er saß ahnungslos drinnen, sang und wäre ohne Zweifel nur erschrocken, wenn ich mich durch Schreien oder Klopfen bemerklich gemacht hätte.

Es blieb mir nichts übrig als wieder fortzugehen. Ich bummelte eine Stunde durch die sonntäglich belebten Gassen, dann fand ich die Familie heimgekehrt. Es kostete mich diesmal keine Überwindung, Boppi die Hand zu drücken. Ich setzte mich neben ihn, knüpfte ein Gespräch an und fragte, was er gelesen habe. Es lag nahe, ihm Lektüre anzubieten, und er war dankbar dafür. Als ich ihm Jeremias Gotthelf empfahl, zeigte es sich, daß er dessen Schriften fast alle kannte. Doch war ihm Gottfried Keller noch fremd, und ich versprach, ihm dessen Bücher zu leihen.

Am nächsten Tag, als ich die Bücher brachte, fand ich Gelegenheit, mit ihm allein zu sein, da die Frau eben ausgehen wollte und der Mann in der Werkstätte war. Da bekannte ich ihm, wie sehr ich mich schäme, ihn gestern allein gelassen zu haben und daß ich froh wäre, manchmal bei ihm zu sitzen und sein Freund sein zu dürfen.

Der kleine Krüppel wendete seinen großen Kopf ein wenig zu mir herüber, sah mich an und sagte: »Danke schön.« Das war alles. Aber dies Wenden des Kopfes hatte ihm Mühe gemacht und war so viel wert als zehn Umarmungen eines Gesunden, und sein Blick war so hell und kindlich schön, daß mir vor Beschämung das Blut ins Gesicht stieg.

Nun war noch das Schwerere übrig, mit dem Schreiner zu reden. Es schien mir am besten, ihm meine gestrige Angst und Scham geradeheraus zu beichten. Leider verstand er mich nicht, doch ließ er mit sich darüber reden. Er nahm es an, den Kranken als gemeinsamen Gast mit mir zu behalten, so daß wir die geringen Kosten seiner Erhaltung teilten und mir die Erlaubnis blieb, nach Belieben bei Boppi ein- und auszugehen und ihn wie einen eigenen Bruder anzusehen.

Der Herbst blieb ungewöhnlich lang schön und warm. Darum war das erste, was ich für Boppi tat, ihm einen Fahrstuhl zu besorgen und ihn täglich, meist in Begleitung der Kinder, ins Freie zu führen.

8

Es war immer mein Schicksal, daß ich vom Leben und von meinen Freunden viel mehr empfing als ich geben konnte. Mit Richard, mit Elisabeth, mit Frau Nardini und mit dem

Schreiner war es mir so gegangen, und nun erlebte ich es, daß ich in reifen Jahren und bei hinlänglicher Selbstschätzung der erstaunte und dankbare Schüler eines elenden Krummen werden sollte. Wenn es wirklich einmal dahin kommt, daß ich meine längst begonnene Dichtung vollende und weggebe, so wird wenig Gutes darin stehen, das ich nicht von Boppi gelernt hätte. Es begann eine gute, erfreuliche Zeit für mich, an der ich zeitlebens reichlich zu zehren haben werde. Es ward mir gegönnt, klar und tief in eine prachtvolle Menschenseele zu schauen, über welche Krankheit, Einsamkeit, Armut und Mißhandlung nur wie leichte lose Wolken hinweggeflogen waren.

Alle die kleinen Laster, mit denen wir uns das schöne, kurze Leben versalzen und verderben, der Zorn, die Ungeduld, das Mißtrauen, die Lüge – all diese leidigen, schmierigen Schwären, die uns entstellen, hatte ein langes und gründliches Leiden in diesem Menschen unter Schmerzen ausgebrannt. Er war kein Weiser und kein Engel, aber er war ein Mensch voll Verständnis und Hingabe, der über großen und schrecklichen Leiden und Entbehrungen gelernt hatte, sich ohne Scham schwach zu fühlen und in Gottes Hand zu geben.

Einmal fragte ich ihn, wie es ihm gelänge, sich immer mit seinem schmerzenden und kraftlosen Leibe abzufinden.

»Das ist sehr einfach«, lachte er freundlich. »Es ist eben ein ewiger Krieg zwischen mir und der Krankheit. Bald gewinne ich eine Schlacht, bald verliere ich eine, so balgen wir uns weiter, und zuweilen halten wir uns auch beide still, schließen einen Waffenstillstand, passen einander auf und liegen auf der Lauer, bis einer von uns wieder frech wird und der Krieg aufs neue losgeht.«

Bis dahin hatte ich stets geglaubt, ein sicheres Auge zu haben und ein guter Beobachter zu sein. Boppi wurde aber auch darin mein bewunderter Lehrmeister. Da er an der Natur und namentlich an Tieren eine große Freude hatte, führte ich ihn häufig in den Zoologischen Garten. Dort hatten wir ganz köstliche Stunden. Boppi kannte nach kurzer Zeit jedes einzelne Tier, und da wir stets Brot und Zucker mitbrachten, kannten manche Tiere auch uns, und wir schlossen allerlei Freundschaften. Eine besondere Vorliebe hatten wir für den Tapir, dessen einzige Tugend eine seiner Gattung sonst nicht eigene Reinlichkeit ist. Im übrigen fanden wir ihn eingebildet, wenig intelligent, unfreundlich, undankbar und höchst gefräßig. Andere Tiere, namentlich der Elefant, die Rehe und Gemsen, sogar der ruppige Bison, zeigten für den empfangenen Zucker stets eine gewisse Dankbarkeit, indem sie uns entweder vertraulich anblickten oder es gerne duldeten, sich von mir streicheln zu lassen. Beim Tapir war keine Spur davon. Sobald wir in seine Nähe kamen, erschien er prompt am Gitter, fraß langsam und gründlich, was er von uns erhielt, und zog sich, wenn er sah, daß nichts mehr für ihn abfiel, ohne Sang und Klang wieder zurück. Wir fanden darin ein Zeichen von Stolz und Charakter, und da er das ihm Zugedachte weder erbettelte, noch dafür dankte, sondern wie einen selbstverständlichen Tribut leutseligst entgegennahm, nannten wir ihn den Zolleinnehmer. Zuweilen erhob sich, da Boppi die Tiere meist nicht selber füttern konnte, ein Streit darüber, ob der Tapir nun genug habe oder ob ihm noch ein weiteres Stückchen zukäme. Wir erwogen das mit einer Sachlichkeit und eingehenden Prüfung, als wäre es eine Staatsaktion. Einst waren wir schon am Tapir vorüber, als Boppi meinte, wir hätten ihm doch noch ein Stück Zucker mehr geben sollen. Also kehrten wir wieder um, der inzwischen aufs Strohlager zurückgekehrte Tapir aber blinzelte hochmütig herüber und kam nicht ans Gitter. »Entschuldigen Sie gütigst, Herr Einnehmer«, rief Boppi ihm zu, »aber ich glaubte, wir hätten uns um einen Zucker geirrt.« Und weiter gings zum Elefanten, der schon voll Erwartung hin und her watschelte und uns seinen warmen, beweglichen Rüssel entgegenstreckte. Ihn konnte Boppi selbst füttern, und er sah mit kindlicher Wonne zu, wie der Riese den geschmeidigen Rüssel zu ihm herüberbog, das Brot aus seiner flachen Hand aufnahm, und uns aus den fidelen, winzigen Äuglein schlau und wohlwollend anblinzelte.

Mit einem Wärter kam ich überein, daß ich Boppi in seinem Fahrstuhl im Garten stehen lassen durfte, wenn ich nicht Zeit hatte, bei ihm zu bleiben, so daß er auch an solchen Tagen in der Sonne sein und die Tiere sehen konnte. Nachher erzählte er mir von allem, was er gesehen hatte. Besonders imponierte es ihm, zu sehen, wie höflich der Löwe seine Gattin behandelte. Sobald sie sich niederlegte, um zu ruhen, gab er seinem rastlosen Hinundhergehen eine solche Richtung, daß er sie dabei weder berührte, noch störte, noch über sie hinweg schritt. Am meisten Unterhaltung fand Boppi beim Fischotter. Er wurde nicht müde, die biegsamen Schwimm- und Turnkünste des beweglichen Tieres zu betrachten und seine helle Freude daran zu haben, während er selbst unbeweglich in seinem Stuhle lag und zu jeder Bewegung des Kopfes und der Arme Mühe aufwenden mußte.

Es war einer der schönsten Tage jenes Herbstes, als ich Boppi meine beiden Liebesgeschichten erzählte. Wir waren miteinander so vertraut geworden, daß ich ihm auch diese weder erfreulichen noch rühmlichen Erlebnisse nicht mehr verschweigen konnte. Er hörte freundlich und ernsthaft zu, ohne etwas zu sagen. Später aber gestand er mir sein Verlangen, Elisabeth, die weiße Wolke, einmal zu sehen, und bat mich, gewiß daran zu denken, falls wir ihr einmal auf der Straße begegneten.

Da das sich nie ereignen wollte und die Tage kühl zu werden begannen, ging ich zu Elisabeth und bat sie, dem armen Buckligen diese Freude zu machen. Sie war gütig und tat mir den Willen, und am bestimmten Tage ließ sie sich von mir abholen und in den Tiergarten begleiten, wo Boppi im Fahrstuhl wartete. Als die schöne, wohlgekleidete und feine Dame dem Krüppel die Hand gab und sich ein wenig zu ihm hinabbückte, und als der arme Boppi aus dem vor Freude glänzenden Gesicht die großen, guten Augen dankbar und fast zärtlich zu ihr aufschlug, hätte ich nicht entscheiden mögen, wer von den beiden in diesem Augenblick schöner war und meinem Herzen näher stand. Die Dame sprach ein paar freundliche Worte, der Krüppel wandte den glänzenden Blick nicht von ihr, und ich stand daneben und wunderte mich, die beiden Menschen, die ich am liebsten hatte und welche das Leben durch eine weite Kluft voneinander trennte, einen Augenblick Hand in Hand vor mir zu sehen. Boppi sprach den ganzen Nachmittag von nichts mehr als von Elisabeth, rühmte ihre Schönheit, ihre Vornehmheit, ihre Güte, ihre Kleider, gelben Handschuhe und grünen Schuhe, ihren Gang und Blick, ihre Stimme und ihren schönen Hut, während es mir schmerzlich und komisch erschien, zugesehen zu haben, wie eine Geliebte meinem Herzensfreund ein Almosen gab.

Inzwischen hatte Boppi den »Grünen Heinrich« und die Seldwyler gelesen und war in der Welt dieser einzigen Bücher so heimisch geworden, daß wir am Schmoller Pankraz, am Albertus Zwiehan und an den gerechten Kammachern gemeinsame liebe Freunde besaßen. Eine Weile schwankte ich, ob ich ihm auch etwas von Conrad Ferdinand Meyers Büchern geben solle, doch schien es mir wahrscheinlich, daß er die fast lateinische Prägnanz seiner allzu gepreßten Sprache nicht schätzen würde, auch trug ich Bedenken, den Abgrund der Geschichte vor diesem heiter stillen Auge zu öffnen. Statt dessen erzählte ich ihm vom heiligen Franz und gab ihm Mörikes Erzählungen zu lesen. Merkwürdig war mir sein Geständnis, daß er die Geschichte von der schönen Lau großenteils nicht hätte genießen können, wenn er nicht so oft am Bassin des Fischotters gestanden wäre und sich dabei allerlei fabelhaften Wasserphantasien hingegeben hätte.

Lustig war es, wie wir so allmählich in die Duzbrüderschaft hineingerieten. Ich hatte sie ihm nie angeboten, er hätte sie auch nicht angenommen; so aber kam es ganz von selber, daß wir einander immer häufiger duzten, und als wir es eines Tages merkten, mußten wir lachen und ließen es nun für immer dabei.

Als der anbrechende Vorwinter unsre Ausfahrten unmöglich machte und ich nun wieder Abende lang in der Wohnstube von Boppis Schwager saß, merkte ich nachträglich, daß mir meine neue Freundschaft doch nicht so ganz ohne Opfer in den Schoß gefallen war. Der Schreiner nämlich war fortwährend mürrisch, unfreundlich und wortkarg. Auf die Dauer verdroß ihn nicht nur die lästige Gegenwart des unnützen Mitessers, sondern ebensosehr mein Verhältnis zu Boppi. Es kam vor, daß ich einen ganzen Abend vergnüglich mit dem Lahmen schwatzte, indes der Hausherr ärgerlich mit der Zeitung daneben saß. Auch mit der sonst ungemein geduldigen Frau kam er auseinander, da sie diesmal fest auf ihrem Willen bestand und durchaus nicht dulden wollte, daß Boppi anderwärts untergebracht werde. Mehrmals versuchte ich, ihn versöhnlicher zu stimmen oder ihm neue Vorschläge zu machen, doch war nichts mit ihm anzufangen. Er begann sogar bissig zu werden, meine Freundschaft mit dem Krüppel zu verhöhnen und diesem selbst das Leben sauer zu machen. Freilich war der Kranke samt mir, der ich täglich viel bei ihm saß, dem ohnehin engen Haushalt eine lästige Bürde, aber ich hoffte noch immer, der Schreiner möchte sich uns anschließen und den Kranken liebgewinnen. Mir war es schließlich unmöglich, irgend etwas zu tun oder zu lassen, womit ich nicht entweder den Schreiner verletzt oder Boppi benachteiligt hätte. Da ich alle raschen und zwingenden Entschlüsse hasse – schon in der Züricher Zeit hatte Richard mich Petrus Cunctator getauft –, wartete ich wochenlang zu und litt beständig an der Furcht, die Freundschaft des einen oder vielleicht beider zu verlieren.

Die wachsende Unbehaglichkeit dieser unklaren Verhältnisse trieb mich wieder häufiger in die Kneipen. Eines Abends, nachdem die leidige Geschichte mich wieder besonders geärgert hatte, verfügte ich mich in eine kleine Waadtländer Weinschenke und rückte dem Übel mit mehreren Litern zu Leibe. Zum erstenmal seit zwei Jahren hatte ich wieder einmal Mühe, aufrecht nach Hause zu gehen. Tags darauf war ich, wie stets nach einer starken Zeche, bei wohlig kühler Laune, faßte Mut und suchte den Schreiner auf, um die Komödie endlich zum Abschluß zu bringen. Ich schlug ihm vor, er möge mir Boppi ganz überlassen, und er zeigte sich nicht abgeneigt, sagte auch nach mehrtägiger Bedenkzeit wirklich zu.

Bald darauf bezog ich mit meinem armen Buckligen eine neugemietete Wohnung. Ich kam mir vor, als hätte ich geheiratet, da ich nun statt der gewohnten Junggesellenbude einen ordentlichen kleinen Haushalt zu zweien beginnen sollte. Aber es ging, wenn ich auch im Anfang manche unglücklichen Wirtschaftsexperimente anstellte. Zum Ordnungmachen und Waschen kam ein Laufmädchen, das Essen ließen wir uns ins Haus tragen, und bald war uns beiden ganz warm und wohl bei diesem Zusammenleben. Die Nötigung, auf meine sorglosen kleinen und größern Wanderungen künftig zu verzichten, erschreckte mich einstweilen nicht. Beim Arbeiten empfand ich sogar das stille Nahesein des Freundes beruhigend und förderlich. Die kleinen Krankendienste waren mir neu und im Anfang wenig erquicklich, namentlich das Aus- und Ankleiden; aber mein Freund war so geduldig und dankbar, daß ich mich schämte und mir Mühe gab, ihn sorgfältig zu bedienen.

Zu meinem Professor war ich wenig mehr gekommen, öfters zu Elisabeth, deren Haus mich trotz allem mit stetigem Zauber anzog. Dort saß ich dann, trank Tee oder ein Glas Wein, sah sie die Wirtin spielen und hatte zuweilen sentimentale Anwandlungen dabei, obwohl ich gegen alle etwaigen Wertherischen Gefühle in mir mit beständigem Spott zu Felde lag. Der weichliche, jugendliche Liebesegoismus war allerdings endgültig von mir gewichen. So war ein zierlicher, vertraulicher Kriegszustand zwischen uns das richtige Verhältnis, und wir kamen wirklich selten zusammen, ohne uns freundschaftlichst zu zanken. Der bewegliche und nach Frauenart etwas verzogene Verstand der klugen Frau traf mit meinem zugleich verliebten und ruppigen Wesen nicht übel zusammen, und da wir im Grunde beide einander hochachteten, konnten wir desto energischer über jede lausige Kleinigkeit in Kampf geraten. Mir war es namentlich komisch, das Junggesellentum gegen sie zu verteidigen – gegen die Frau, die ich noch vor kurzem ums Leben gern geheiratet hätte. Ich durfte sie sogar mit ihrem Mann necken, der ein guter Bursche und stolz auf seine geistreiche Frau war.

In der Stille brannte die alte Liebe in mir fort, nur war es nicht mehr das frühere anspruchsvolle Feuerwerk, sondern eine gute und dauerhafte Glut, die das Herz jung hält und an der sich ein hoffnungsloser Hagestolz gelegentlich an Winterabenden die Finger wärmen darf. Seit vollends Boppi mir nahestand und mich mit dem wundervollen Wissen um ein beständiges, ehrliches Geliebtsein umgab, konnte ich meine Liebe ohne Gefahr als ein Stück Jugend und Poesie in mir leben lassen.

Übrigens gab mir Elisabeth je und je durch ihre recht frauenhaften Malicen Gelegenheit, mich abzukühlen und mich meines Junggesellentums herzlich zu freuen.

Seit der arme Boppi meine Wohnung teilte, vernachlässigte ich auch Elisabeths Haus mehr und mehr. Mit Boppi las ich Bücher, blätterte Reisealbums und Tagebücher durch, spielte Domino; wir schafften zu unserer Erheiterung einen Pudel an, beobachteten den Winterbeginn vom Fenster aus und führten täglich eine Menge kluger und dummer Gespräche. Der Kranke hatte sich eine überlegene Weltanschauung erworben, eine von gütigem Humor erwärmte sachliche Betrachtung des Lebens, von der ich täglich zu lernen hatte. Als starke Schneefälle eintraten und der Winter vor den Fenstern seine reinliche Schönheit entfaltete, spannen wir uns mit knabenhafter Wollust beim Ofen in ein heimeliges Stubenidyll ein. Die Kunst der Menschenkenntnis, nach der ich mir so lange umsonst die Sohlen abgelaufen hatte, lernte ich bei dieser Gelegenheit so nebenher mit. Boppi stak nämlich, als stiller und scharfer Zuschauer, voll von Bildern aus dem Leben seiner früheren Umgebungen und konnte, wenn er einmal angesetzt hatte, wundervoll erzählen. Der Krüppel hatte in seinem Leben kaum mehr als drei Dutzend Menschen kennengelernt und war nie im großen Strome mitgeschwommen, trotzdem kannte er das Leben viel besser als ich, denn er war gewohnt, auch das Kleinste zu sehen und in jedem Menschen eine Quelle von Erlebnissen, Freude und Erkenntnis zu finden.

Unser Lieblingsvergnügen war nach wie vor die Freude an der Tierwelt. Über die Tiere des Zoologischen Gartens, die wir nicht mehr besuchen konnten, erfanden wir nun Geschichten und Fabeln aller Art. Die meisten davon erzählten wir nicht, sondern trugen sie aus dem Stegreif als Dialoge vor. Zum Beispiel eine Liebeserklärung zwischen zwei Papageien, Familienzerwürfnisse unter den Bisons, Abendunterhaltungen der Wildschweine.

»Wie geht's Ihnen denn, Herr Marder?«

»Danke schön, Herr Fuchs, so leidlich. Sie wissen ja, als ich gefangen ward, verlor ich meine liebe Gattin. Sie hieß Pinselschwanz, wie ich schon die Ehre hatte Ihnen zu sagen. Eine Perle, versichere ich Ihnen, eine –«

»Ach, lassen Sie doch die alten Geschichten, Herr Nachbar, Sie haben mir das von der Perle, wenn ich nicht irre, schon öfters erzählt. Lieber Gott, man liebt schließlich nur einmal und darf sich das bißchen Vergnügen nicht noch verderben.«

»Bitte sehr, Herr Fuchs, wenn Sie meine Gemahlin gekannt hätten, würden Sie mich besser verstehen.«

»Aber gewiß, gewiß. Also sie hieß Pinselschwanz, nicht wahr? Ein schöner Name, so was zum Streicheln! Aber was ich eigentlich sagen wollte – Sie haben doch bemerkt, wie sehr die leidige Sperlingsplage wieder zunimmt? Ich habe da so einen kleinen Plan.«

»Wegen der Sperlinge?«

»Wegen der Sperlinge. Sehen Sie, ich dachte mir das so: wir legen etwas Brot vors Gitter, legen uns ruhig hin und warten die Kerls ab. Es müßte des Teufels sein, wenn wir nicht so ein Vieh erwischen könnten. Was meinen Sie?«

»Vortrefflich, Herr Nachbar.«

»Also haben Sie die Güte, etwas Brot hinzulegen. – So, schön! Aber vielleicht schieben Sie es etwas mehr nach rechts herüber, dann kommt es uns beiden zugut. Ich bin nämlich im Augenblick leider ohne alle Mittel. So ist's gut. Also aufgepaßt! Wir legen uns jetzt nieder, schließen die Augen – pst, da kommt schon einer geflogen!« (Pause.)

»Nun, Herr Fuchs, noch nichts?«

»Wie ungeduldig Sie sind! Als ob Sie zum erstenmal auf der Jagd wären! Ein Jäger muß warten können, warten und wieder warten. Also noch einmal!«

»Ja, wo ist denn das Brot hingekommen?«

»Pardon?«

»Das Brot ist ja gar nimmer da.«

»Nicht möglich! Das Brot? Wahrhaftig – verschwunden! Da soll doch das Donnerwetter! Natürlich wieder der verdammte Wind.«

»Na, ich habe so meine Gedanken. Mir war doch vorher, ich hörte Sie was essen.«

»Was? Ich etwas gegessen? Was denn?«

»Das Brot vermutlich.«

»Sie sind beleidigend deutlich in Ihren Vermutungen, Herr Marder. Man muß ja von Nachbarsleuten ein Wort vertragen können, aber das ist zu viel. Das ist zu viel, sage ich. Haben Sie mich verstanden? – Nun soll ich das Brot gegessen haben! Was glauben Sie eigentlich? Erst soll ich die fade Geschichte von Ihrer Perle zum tausendstenmal anhören, dann habe ich eine gute Idee, wir legen das Brot hinaus –«

»Das war ich! Ich habe das Brot hergegeben.«

»– wir legen das Brot hinaus, ich lege mich hin und passe auf, alles geht gut, da kommen Sie mit Ihrem Geschwätz dazwischen – die Spatzen natürlich auf und davon, die Jagd verhunzt, und nun soll ich auch noch das Brot gefressen haben! Na, Sie können warten, bis ich wieder mit Ihnen verkehre.«

Dabei gingen Nachmittage und Abende leicht und schnell vorüber. Ich war bester Laune, arbeitete gern und rasch und wunderte mich, daß ich früher so träg und verdrossen und schwerlebig gewesen war. Die besten Zeiten mit Richard waren nicht schöner gewesen als diese stillen, heiteren Tage, da draußen die Flocken tanzten und am Ofen wir zwei samt dem Pudel es uns wohl sein ließen.

Und da mußte mein lieber Boppi seine erste und letzte Dummheit begehen! Ich in meiner Zufriedenheit war natürlich blind und sah nicht, daß er mehr litt als sonst. Aber er, aus lauter Bescheidenheit und Liebe, tat vergnügter als je, klagte nicht, verbot mir nicht einmal das Rauchen, und dann lag er nachts und litt und hustete und stöhnte leis. Ganz zufällig, als ich einmal in der Stube neben ihm in die Nacht hinein schrieb und er mich längst zu Bett glaubte, hörte ich, wie er stöhnte. Der arme Kerl war ganz erschrocken und verdonnert, als ich plötzlich mit der Lampe in seine Schlafkammer trat. Ich stellte das Licht beiseite, setzte mich zu ihm aufs Bett und stellte ein Verhör an. Lange versuchte er auszukneifen, dann kam es endlich doch heraus.

»Es ist ja nicht so schlimm«, sagte er schüchtern. »Nur bei manchen Bewegungen das krampfhafte Gefühl im Herzen, und manchmal auch beim Atmen.«

Er entschuldigte sich geradezu, als wäre sein Kränkerwerden ein Verbrechen!

Morgens ging ich zu einem Arzt. Es war ein schöner, frostklarer Tag, unterwegs ließ meine Beklemmung und Sorge nach, ich dachte sogar an Weihnachten und besann mich, mit was ich Boppi eine Freude machen könnte. Der Arzt war noch zu Hause und kam auf mein dringendes Bitten mit. Wir fuhren in seinem bequemen Wagen, wir stiegen die Treppe hinauf, wir kamen in die Kammer zu Boppi, es begann ein Betasten und Klopfen und Horchen, und während der Arzt nur ein wenig ernsthafter und seine Stimme ein bißchen gütiger wurde, ging in mir alle Fröhlichkeit unter.

Gicht, Herzschwäche, ernster Fall – ich hörte zu und

schrieb mir auch alles auf und war über mich selber erstaunt, daß ich mich gar nicht wehrte, als der Arzt die Überführung ins Spital gebot.

Nachmittags kam der Krankenwagen, und als ich vom Spital zurückkam, war mir in der Wohnung schrecklich zumut, wo der Pudel sich an mich drängte und der große Stuhl des Kranken beiseite gestellt und nebenan die leergewordene Kammer war.

So ist es mit dem Liebhaben. Es bringt Schmerzen, und ich habe deren in der folgenden Zeit viel erlitten. Aber es liegt so wenig daran, ob man Schmerzen leidet oder keine! Wenn nur ein starkes Mitleben da ist und wenn man nur das enge, lebendige Band verspürt, mit dem alles Lebende an uns hängt, und wenn nur die Liebe nicht kühl wird! Ich gäbe alle heiteren Tage, die ich je gehabt, samt allen Verliebtheiten und samt meinen Dichterplänen, wenn ich dafür noch einmal so ins Allerheiligste hineinsehen dürfte wie in jener Zeit. Es tut den Augen und dem Herzen bitter weh, und auch der schöne Stolz und Eigendünkel bekommt seine bösen Stiche ab, aber nachher ist man so still, so bescheiden, so viel reifer und im Innersten lebendiger!

Schon mit der kleinen, blonden Agi war damals ein Stück von meinem alten Wesen gestorben. Jetzt sah ich meinen Buckligen, dem ich meine ganze Liebe geschenkt und mit dem ich mein ganzes Leben geteilt hatte, leiden und langsam, langsam sterben und litt an jedem Tage mit und hatte meinen Anteil an allem Schrecklichen und Heiligen des Sterbens. Ich war noch ein Anfänger in der ars amandi und sollte gleich mit einem ernsten Kapitel der ars moriendi beginnen. Von dieser Zeit schweige ich nicht, wie ich von Paris geschwiegen habe. Von ihr will ich laut reden wie eine Frau von ihrer Brautzeit und wie ein alter Mann von seinen Knabenjahren.

Ich sah einen Menschen sterben, dessen Leben nur Leiden und Liebe gewesen war. Ich hörte ihn scherzen wie ein Kind, während er die Arbeit des Todes in sich spürte. Ich sah, wie aus schweren Schmerzen heraus sein Blick mich suchte, nicht um bei mir zu betteln, sondern um mich aufzurichten und um mir zu zeigen, daß diese Krämpfe und Leiden das Beste in ihm unversehrt gelassen hatten. Dann waren seine Augen groß, und man sah sein verwelkendes Gesicht nicht mehr, nur den Glanz seiner großen Augen.

»Kann ich dir etwas tun, Boppi?«

»Erzähl mir was. Vielleicht vom Tapir.«

Ich erzählte vom Tapir, er schloß die Augen, und ich hatte meine Mühe, zu sprechen wie sonst, denn das Weinen stand mir fortwährend nahe. Und wenn ich glaubte, er höre mich nicht mehr oder schlafe, dann verstummte ich sogleich. Da machte er wieder die Augen auf.

»– Und dann?«

Und ich erzählte weiter, vom Tapir, vom Pudel, von meinem Vater, vom kleinen bösen Matteo Spinelli, von Elisabeth.

»Ja, sie hat einen dummen Kerl geheiratet. So geht's, Peter!«

Oft fing er plötzlich an, vom Sterben zu sprechen.

»Es ist kein Spaß, Peter. Die allerschwerste Arbeit ist nicht so schwer wie Sterben. Aber man macht's doch durch.«

Oder: »Wenn die Quälerei überstanden ist, kann ich schon lachen. Bei mir lohnt sich das Sterben doch, ich werde einen Schnitzbuckel, einen kurzen Fuß und eine lahme Hüfte los. Bei dir wird's einmal schad sein, mit deinen breiten Schultern und schönen gesunden Beinen.«

Und einmal, in den letzten Tagen, wachte er aus einem kurzen Schlummer auf und sagte ganz laut:

»Es gibt gar keinen solchen Himmel, wie der Pfarrer meint. Der Himmel ist viel schöner. Viel schöner.«

Die Schreinersfrau kam oft und zeigte sich in kluger Weise teilnehmend und hilfsbereit. Der Schreiner blieb zu meinem großen Bedauern ganz aus.

»Was meinst du«, fragte ich Boppi gelegentlich, »wird im Himmel auch ein Tapir sein?«

»O ja«, sagte er und nickte noch dazu. »Es sind alle Arten Tiere dort, auch Gemsen.«

Die Weihnachtszeit kam, und wir hatten eine kleine Feier an seinem Bett. Es trat starker Frost ein, es taute wieder, und Neuschnee fiel auf das Glatteis, aber ich merkte nichts von allem. Ich hörte, Elisabeth habe einen Knaben geboren, und ich vergaß es wieder. Es kam ein drolliger Brief von Frau Nardini; ich las ihn flüchtig durch und legte ihn beiseite. Meine Arbeiten erledigte ich im Galopp mit dem steten Bewußtsein, jede Stunde mir und dem Kranken zu stehlen. Dann lief ich gehetzt und ungeduldig ins Krankenhaus, und dort war eine heitere Stille, und ich saß halbe Tage an Boppis Bett, von einem traumhaft tiefen Frieden umgeben.

Er hatte kurz vor dem Ende noch einige bessere Tage. Da war es merkwürdig, wie die kaum verflossene Zeit in seiner Erinnerung erloschen schien und er ganz in den früheren Jahren lebte. Zwei Tage lang sprach er von nichts als von seiner Mutter. Er konnte ja nicht lang reden, aber man sah auch in den stundenlangen Pausen, daß er an sie dachte.

»Ich habe dir viel zu wenig von ihr erzählt«, klagte er, »du mußt nichts von dem vergessen, was sie betrifft, sonst gibt es bald niemand mehr, der von ihr weiß und ihr dankbar ist. Es wäre gut, Peter, wenn alle Leute so eine Mutter hätten. Sie hat mich nicht ins Armenhaus getan, als ich nimmer arbeiten konnte.«

Er lag und atmete mühselig. Eine Stunde verging, da fing er wieder an:

»Sie hat mich am liebsten gehabt von allen ihren Kindern und hat mich bei sich behalten, bis sie gestorben ist. Die Brüder sind ausgewandert, und die Schwester hat den Schreiner geheiratet, aber ich bin zu Haus gesessen, und so arm sie war, hat sie mich's nie entgelten lassen. Du darfst meine Mutter nicht vergessen, Peter. Sie war ganz klein, vielleicht noch kleiner als ich. Wenn sie mir die Hand gab, war es geradeso, wie wenn sich ein winzig kleiner Vogel draufgesetzt hätte. Es langt ein Kindersarg für sie, hat der Nachbar Rütimann gesagt, wie sie gestorben ist.«

Auch für ihn hätte schier ein Kindersarg hingereicht. Er lag so verschwunden und klein in seinem sauberen Spitalbett, und seine Hände sahen nun wie kranke Frauenhände aus, lang, schmal, weiß und ein wenig gekrümmt. Als er aufhörte, von seiner Mutter zu träumen, kam ich an die Reihe. Er sprach von mir, als säße ich nicht dabei.

»Er ist ein Pechvogel, nun freilich, aber es hat ihm nichts geschadet. Seine Mutter ist zu früh gestorben.«

»Kennst du mich noch, Boppi?« fragte ich.

»Jawohl, Herr Camenzind«, sagte er scherzhaft und lachte ganz leise.

»Wenn ich nur singen könnte«, meinte er gleich darauf.

Am letzten Tage fragte er noch: »Du, kostet es viel hier im Spital? Es könnte zu teuer werden.«

Doch erwartete er keine Antwort. Eine feine Röte stieg ihm in das weiße Gesicht, er schloß die Augen und sah eine Weile aus wie ein überaus glücklicher Mensch.

»Es geht zu Ende«, sagte die Schwester.

Aber er öffnete die Augen noch einmal, sah mich schelmisch an und bewegte die Brauen so, als wollte er mir zunikken. Ich stand auf, legte die Hand unter seine linke Schulter und hob ihn sachte ein klein wenig, was ihm jedesmal wohltat. So auf meiner Hand liegend, verzog er noch einmal in kurzem Schmerz die Lippen, dann drehte er den Kopf ein wenig und schauderte, als fröre ihn plötzlich. Das war die Erlösung.

»Ist's gut, Boppi?« fragte ich noch. Er war aber schon seiner Leiden ledig und erkaltete mir in der Hand. Es war am siebenten Januar, eine Stunde nach Mittag. Gegen Abend machten wir alles fertig, und der kleine, verwachsene Körper lag friedlich und sauber ohne weitere Entstellungen da, bis es Zeit war, ihn wegzubringen und zu begraben. Während dieser zwei Tage war ich beständig darüber verwundert, daß ich weder besonders traurig noch ratlos war und nicht einmal weinen mußte. Ich hatte die Trennung und den Abschied so gründlich während der Krankheit durchempfunden, daß nun wenig mehr davon überblieb und die schwankende Schale meines Schmerzes langsam und erleichtert wieder in die Höhe stieg.

Trotzdem schien es mir jetzt an der Zeit, die Stadt in aller Stille zu verlassen und mich irgendwo, womöglich im Süden, auszuruhen und das nur erst grob angelegte Gefäde meiner Dichtung einmal ernstlich auf den Webstuhl zu spannen. Ein wenig Geld hatte ich übrig, also hing ich meine literarischen Verpflichtungen an den Nagel und richtete mich ein, beim ersten Frühlingsbeginn zu packen und abzureisen. Zunächst nach Assisi, wo die Gemüsehändlerin meinen Besuch erwartete, dann zu tüchtiger Arbeit in ein möglichst stilles Bergnest. Mir schien, ich habe nun ein hinreichendes Stück Leben und Tod gesehen, um etwa andern Leuten zumuten zu dürfen, mich darüber ein wenig räsonieren zu hören. In wohliger Ungeduld wartete ich auf den März und hatte vorempfindend schon das Ohr voll italienischer Kraftworte und in der Nase einen kitzelnd würzigen Duft von Risotto, Orangen und Chiantiwein.

Der Plan war tadellos und befriedigte mich, je länger ich ihn überlegte, desto mehr. Indessen tat ich wohl daran, mich des Chianti im voraus zu freuen, denn es kam alles ganz anders.

Ein beweglicher, phantastisch stilisierter Brief des Gastwirts Nydegger verkündigte mir im Februar, es liege sehr viel Schnee und im Dorfe sei bei Vieh und Menschen nicht alles in Ordnung, namentlich stehe es mit meinem Herrn Vater bedenklich, und alles in allem wäre es gut, wenn ich Geld schicken oder selber kommen würde. Da das Geldschicken mir nicht paßte und der Alte mir wirklich Sorge machte, mußte ich eben reisen. An einem unwirschen Tage kam ich an, vor Schneefall und Wind waren weder Berge noch Häuser sichtbar, und es kam mir zugut, daß ich den Weg auch blindlings kannte. Der alte Camenzind lag wider meine Vermutung nicht zu Bett, sondern saß dürftig und kleinlaut in der Ofenecke und war von einer Nachbarin belagert, die ihm Milch gebracht hatte und ihm soeben über seinen schlimmen Lebenswandel gründlich und ausdauernd den Text las, worin auch mein Eintritt sie nicht störte.

»Lueg, der Peter isch cho«, sagte der graue Sünder und zwinkerte mir mit dem linken Auge zu.

Aber sie fuhr unbeirrt in ihrer Predigt fort. Ich setzte mich auf einen Stuhl, wartete das Versiegen ihrer Nächstenliebe ab und fand in ihrer Rede einige Kapitel, die auch mir nicht schadeten. Nebenher schaute ich zu, wie mir der Schnee von Mantel und Stiefeln schmolz und rings um meinen Stuhl zuerst einen feuchten Flecken und dann einen stillen Weiher bildete. Erst als die Frau ein Ende gefunden hatte, konnte das offizielle Wiedersehen stattfinden, an welchem sie ganz freundlich teilnahm.

Der Vater hatte sehr an Kräften abgenommen. Mir fiel mein früherer kurzer Versuch, ihn zu pflegen, wieder ein. Das Abreisen damals hatte also nichts geholfen, und ich konnte nun, da es freilich nötiger war, doch noch die Suppe ausfressen.

Schließlich kann man von einem knorrigen alten Bauern, der auch in seinen besseren Zeiten kein Tugendspiegel war, nicht verlangen, daß er in den Tagen der Greisenkrankheit milde werde und dem Schauspiel der Sohnesliebe mit Rührung beiwohne. Das tat mein Vater denn auch durchaus nicht, sondern war je kränker desto widerwärtiger und zahlte mir alles, womit ich ihn früher je gequält hatte, wenn nicht mit Zinsen, so doch glatt und wohlgemessen heim. Mit Worten allerdings war er sparsam und vorsichtig gegen mich, aber er verfügte über eine Menge von drastischen Mitteln, ohne Worte unzufrieden, bitter und ruppig zu sein. Mich wunderte zuweilen, ob wohl auch aus mir einmal im Alter ein so fataler und heikler Kauz werden möchte. Mit dem Trinken war es für ihn so gut wie vorbei, und das Glas guten Südweins, das ich ihm täglich zweimal einschenkte, genoß er nur mit böser Miene, weil ich die Flasche stets sogleich wieder in den leeren Keller zurückbrachte, dessen Schlüssel ich ihm nie überließ.

Erst gegen Ende Februar kamen jene hellen Wochen, die den Hochgebirgswinter so herrlich machen. Die hohen, beschneiten Bergschroffen standen klar gegen den kornblumenblauen Himmel und sahen in der durchsichtigen Luft unwahrscheinlich nahe aus. Matten und Halden lagen schneebedeckt – mit dem Schnee des Bergwinters, den man so weiß und kristallen und herbduftend in den Talländern niemals findet. Auf kleinen Erdschwellungen feiert in der Mittagszeit das Sonnenlicht glänzende Feste, in Mulden und an Abhängen liegen satte blaue Schatten, und die Luft ist nach wochenlangem Schneefall so ganz gereinigt, daß in der Sonne jeder Atemzug ein Genuß ist. An den kleineren Halden frönt die Jugend der Schlittenfahrt, und in der Stunde nach Mittag sieht man alte Leutchen auf den Gassen stehen und sich an der Sonne gütlich tun, während nachts die Dachsparren im Froste krachen. Inmitten der weißen Schneefelder liegt still und blau der niemals gefrierende See, schöner als er je im Sommer sein kann. Jeden Tag vor dem Mittagessen half ich dem Vater vor die Tür und schaute zu, wie er seine braunen und knotig verbogenen Finger in die schöne Sonnenwärme streckte. Nach einer Weile begann er alsdann zu husten und über die Kühle zu klagen. Das war einer seiner harmlosen Kniffe, um einen Schnaps von mir zu erlangen; denn weder der Husten noch die Kühle waren ernst zu nehmen. Also bekam er ein Gläschen Enzian oder einen kleinen Absinth, hörte in kunstreicher Abstufung zu husten auf und freute sich hinterrücks, mich überlistet zu haben. Nach Tisch ließ ich ihn allein, band die Gamaschen um und lief ein paar Stunden bergan, soweit es gehen wollte, und legte den Heimweg, auf einem mitgenommenen Fruchtsack sitzend, als Rutschpartie über die schrägen Schneefelder zurück.

Als die Zeit herankam, in der ich etwa nach Assisi hatte reisen wollen, lag noch metertiefer Schnee. Erst im April begann das Frühjahr sich zu regen, und es kam eine bösartig rasche Schneeschmelze über unser Dorf, wie seit Jahren keine mehr gewesen war. Tag und Nacht hörte man den Föhn heulen, das Krachen entfernter Lauen und das erbitterte Brausen der Sturzbäche, welche große Felsstücke und zersplitterte Bäume mitbrachten und auf unsre armen, schmalen Grundstücke und Obstwiesen warfen. Das Föhnfieber ließ mich nicht schlafen, Nacht für Nacht hörte ich ergriffen und angstvoll den Sturm klagen, die Lauen donnern und den wütenden See an die Ufer branden. In dieser fiebernden Zeit der schrecklichen Frühlingskämpfe überfiel mich noch einmal die überwundene Liebeskrankheit so ungestüm, daß ich mich nachts erhob, mich ins Türfenster legte und unter bitteren Schmerzen Liebesworte an Elisabeth in das Getöse hinausrief. Seit der lauen Züricher Nacht, in der ich auf dem Hügel über dem Hause der welschen Malerin vor Liebe gerast hatte, war die Leidenschaft nie mehr so schrecklich und unwiderstehlich über mich Herr geworden. Es war mir oft so, als stünde die schöne Frau ganz nahe vor mir und lächle mich an und wiche doch bei jedem Schritt, den ich ihr näherträte, zurück. Meine Gedanken, mochten sie herkommen, von wo sie wollten, kehrten unabänderlich zu diesem Bilde zurück, und ich konnte gleich einem Verwundeten es nicht lassen, immer wieder an der juckenden Schwäre zu kratzen. Ich schämte mich vor mir selber, was ebenso quälend wie nutzlos war, verwünschte den Föhn und hatte heimlich neben allen Qualen doch ein verschwiegenes, warmes Lustgefühl, ganz wie in Knabenzeiten, wenn ich an die hübsche Rösi dachte und die laue, dunkle Woge mich überlief.

Ich begriff, daß gegen diese Krankheit kein Kraut gewachsen war, und versuchte wenigstens ein bißchen zu arbeiten. Ich begann den Aufbau meines Werkes in Angriff zu nehmen, entwarf einige Studien und sah bald ein, daß dafür jetzt nicht die Zeit sei. Indessen liefen von überallher die bösen Föhnberichte ein, und im Dorfe selbst nahm die Not überhand. Die Bachdämme waren halb zerstört, manche Häuser, Scheunen und Ställe hatten starken Schaden gelitten, von der Außengemeinde trafen mehrere Obdachlose ein, überall war Klage und Not und nirgends Geld. In diesen Tagen war's, daß zu meinem Glück der Schulze mich auf sein Ratsstübchen holen ließ und mich fragte, ob ich willens sei, einem Ausschuß zur Abhilfe der allgemeinen Not beizutreten. Man traue mir zu, die Sache der Gemeinde beim Kanton zu vertreten und namentlich durch die Zeitungen das Land zur Teilnahme und Beisteuer zu bewegen. Mir kam es gelegen, gerade jetzt meine nutzlosen eigenen Leiden über einer ernsteren und würdigeren Sache vergessen zu können, und ich ging verzweifelt ins Zeug. In Basel gewann ich durch Briefe rasch einige Sammler. Der Kanton hatte, wie wir voraus wußten, kein Geld und konnte nur ein paar Hilfsarbeiter senden. Nun wandte ich mich an die Zeitungen mit Aufrufen und Berichten; Briefe, Beiträge und Anfragen liefen ein, und ich hatte neben der Schreiberei noch die Gemeinderatshändel mit den harten Bauernschädeln durchzufechten.

Die paar Wochen strenger, unentrinnbarer Arbeit taten mir gut. Als die Sache allmählich in eine geregelte Bahn gebracht und ich dabei minder notwendig geworden war, grünten ringsum die Matten und blaute der See harmlos und sonnig zu den vom Schnee befreiten Halden hinauf. Mein Vater hatte erträgliche Tage, und meine Liebesnöte waren gleich den schmutzigen Lawinenresten verschwunden und zerlaufen. In diesen Zeiten hatte früher mein Vater seinen Nachen gefirnißt, die Mutter hatte vom Garten her zugesehen, und ich hatte mein Auge auf des Alten Hantierung, auf die Wolken seiner Pfeife und auf die gelben Schmetterlinge gehabt. Diesmal war kein Nachen zum Anstreichen mehr da, die Mutter war lange tot, und der Vater hockte verdrossen in dem verwahrlosten Hause herum. An die alten Zeiten erinnerte mich auch Onkel Konrad. Häufig nahm ich ihn, vom Vater ungesehen, zu einem Gläschen Wein mit und hörte zu, wie er erzählte und seiner vielen Projekte mit gutmütigem

Lachen und doch nicht ohne Stolz gedachte. Neue machte er zur Zeit nicht mehr, und das Alter hatte ihn auch sonst stark gezeichnet, trotzdem war in seinen Mienen und zumal in seinem Lachen etwas Knaben- oder Jünglinghaftes, das mir wohltat. Er war oft mein Trost und Zeitvertreib, wenn ich es zu Haus beim Alten nimmer aushielt. Nahm ich ihn zum Wein mit, so trottete er hastig neben mir her und bestrebte sich ängstlich, seine krummgewordenen, mageren Beine im gleichen Schritt mit meinen zu halten.

»Mußt Segel nehmen, Onkel Konrad«, munterte ich ihn auf, und über dem Segel kamen wir dann jedesmal auf unsern alten Nachen zu sprechen, welcher nimmer da war und den er wie einen lieben Toten beklagte. Da auch mir das alte Stück lieb gewesen war und nun fehlte, gedachten wir seiner und aller mit ihm passierten Geschichten bis ins kleinste.

Der See war so blau wie ehemals, die Sonne nicht minder feiertäglich und warm, und ich alter Bursche schaute oft den gelben Faltern zu und hatte ein Gefühl, als wäre seit damals im Grunde wenig anders geworden und als könnte ich ebensowohl mich wieder in die Matten legen und Bubenträume aushecken. Daß dem nicht so war und daß ich ein gutes Teil meiner Jahre auf Nimmerwiedersehen schon verbraucht hatte, konnte ich jeden Tag beim Waschen sehen, wenn aus der rostigen Blechschüssel mein Kopf mit der starken Nase und dem säuerlichen Mund mich anglänzte. Noch besser sorgte Camenzind senior dafür, daß ich nicht am Wandel der Zeiten irre ward, und wenn ich ganz in die Gegenwart gerückt sein wollte, brauchte ich nur die klamme Tischlade in meiner Stube zu öffnen, worin mein künftiges Werk lag und schlief, aus einem Paket verjährter Skizzen und aus sechs oder sieben Entwürfen auf Quartbogen bestehend. Ich öffne die Lade aber selten.

Neben der Pflege des Alten gab mir das Instandhalten unsres verlotterten Hauswesens reichlich zu tun. In den Dielen klafften Abgründe, Ofen und Herd waren defekt, rauchten und stänkerten, die Türen schlossen nicht, und die Leitertreppe auf den Boden, den ehemaligen Schauplatz der väterlichen Züchtigungen, war lebensgefährlich. Ehe hieran etwas getan werden konnte, mußte das Beil geschliffen, die Säge geflickt, ein Hammer entlehnt und Nägel zusammengesucht werden, dann galt es, aus dem faulenden Rest des ehemaligen Holzvorrates brauchbare Stücke herzurichten. Beim Reparieren der Werkzeuge und des alten Schleifsteins ging mir Onkel Konrad ein wenig an die Hand, doch war er zu alt und krumm geworden, um viel zu nützen. Also zerschliß ich mir meine weichen Schreiberhände am widerspenstigen Holz, trat den wackligen Schleifstein, kletterte auf dem allenthalben undicht gewordenen Dach umher, nagelte, hämmerte, schindelte und schnitzte, wobei mein etwas ins Feiste gediehener Adam manchen Tropfen Schweiß vergoß. Zuweilen hielt ich denn auch, namentlich bei der leidigen Dachflickerei, mitten im Hammerschlag inne, setzte mich zurecht, sog die halberloschene Zigarre wieder an, schaute in die tiefe Himmelsbläue und genoß meine Trägheit im frohen Bewußtsein, daß jetzt der Vater mich nimmer antreiben und schelten konnte. Kamen dann Nachbarsleute vorübergewandelt, Weiber, alte Männer und Schulkinder, so knüpfte ich zur Beschönigung meines Nichtstuns freundnachbarliche Gespräche mit ihnen an und kam allmählich in den Geruch eines Mannes, mit dem sich ein vernünftiges Wort reden lasse.

»Macht's warm heut, Lisbeth?«

»Allweg, Peter. Was schaffst?«

»'s Dach flicken.«

»Kann nit schaden, 's hat's allweg schon länger nötig gehabt.«

»Wohl, wohl.«

»Was macht denn der Alte? Er wird leicht seine siebenzig alt sein.«

»Achtzig, Lisbeth, achtzig. Was meinst, wenn wir einmal so alt sind? 's ist kein Spaß.«

»Wohl, Peter, aber jetzt muß ich weiter, der Mann will's Essen haben. Mach's gut unterdes!«

»Adie, Lisbeth.«

Und während sie mit dem Napf im Tüchlein weiterpilgerte, blies ich Wolken in die Luft, sah ihr nach und besann mich, wie es nur käme, daß alle Leute so fleißig ihren Geschäften nachgingen, indes ich schon zwei volle Tage an der gleichen Latte herumnagelte. Schließlich aber war das Dach doch geflickt. Der Vater interessierte sich ausnahmsweise dafür, und da ich ihn unmöglich aufs Dach schleppen konnte, mußte ich ihm ausführlich beschreiben und über jede halbe Latte Rechenschaft ablegen, wobei es mir auf einige Prahlereien nicht ankam.

»'s ist gut«, gab er zu, »'s ist gut, aber ich hätt nicht geglaubt, daß du dies Jahr noch fertig wirst.«

Wenn ich nun meine Fahrten und Lebensversuche beschaue und überdenke, freut und ärgert es mich, die alte Erfahrung auch an mir erlebt zu haben, daß die Fische ins Wasser und die Bauern aufs Land gehören und daß aus einem Nimikoner Camenzind trotz aller Künste kein Stadt- und Weltmensch zu machen ist. Ich gewöhne mich daran, das in der Ordnung zu finden, und bin froh, daß meine ungeschickte Jagd um das Glück der Welt mich wider Willen in den alten Winkel zwischen See und Bergen zurückgeführt hat, wo ich hingehöre und wo meine Tugenden und Laster, namentlich aber die Laster, etwas Ordinäres und Hergebrachtes sind. Da draußen hatte ich die Heimat vergessen und war nahe daran gewesen, mir selbst als eine seltene und merkwürdige Pflanze vorzukommen; nun sehe ich wieder, daß es nur der Nimikoner Geist war, der in mir spukte und sich dem Brauch der übrigen Welt nicht fügen konnte. Hier fällt es niemand ein, einen Sonderling in mir zu sehen, und wenn ich meinen alten Papa oder den Onkel Konrad betrachte, komme ich mir wie ein ordentlich geratener Sohn und Neffe vor. Meine paar Zickzackflüge im Reich des Geistes und der sogenannten Bildung lassen sich füglich der berühmten Segelfahrt des Oheims vergleichen, nur daß sie an Geld und Mühe und schönen Jahren mich teurer zu stehen kamen. Auch äußerlich bin ich, seit mein Vetter Kuoni mir den Bart stutzt und seit ich wieder Gürtelhosen trage und in Hemdärmeln herumlaufe, wieder ganz ein Hiesiger geworden und werde, wenn ich einmal grau und alt bin, unvermerkt meines Vaters Platz und seine kleine Rolle im Dorfleben übernehmen. Die Leute wissen bloß, ich sei jahrelang in der Fremde gewesen, und ich hüte mich wohl, ihnen zu sagen, was für ein lausiges Metier ich dort betrieben und in wieviel Pfützen ich gesteckt habe; sonst hätte ich bald meinen Spott und Übernamen weg. Sooft ich von Deutschland, Italien oder Paris erzähle, blase ich mich ein bißchen auf und komme selbst bei den ehrlichsten Stellen zuweilen in einige Zweifel an meiner eigenen Wahrhaftigkeit.

Und was ist denn nun bei soviel Irrfahrten und verbrauchten Jahren herausgekommen? Die Frau, die ich liebte und immer noch liebe, erzieht in Basel ihre zwei hübschen Kinder. Die andere, die mich lieb hatte, hat sich getröstet und handelt weiterhin mit Obst, Gemüse und Sämereien. Der Vater, wegen dessen ich ins Nest heimgekehrt bin, ist weder gestorben noch genesen, sondern sitzt mir gegenüber auf seinem Faulbettlein, sieht mich an und beneidet mich um den Besitz des Kellerschlüssels.

Aber das ist ja nicht alles. Ich habe, außer der Mutter und dem ertrunkenen Jugendfreund, die blonde Agi und meinen kleinen, krummen Boppi als Engel im Himmel wohnen. Und ich habe erlebt, daß im Dorf die Häuser wieder geflickt und beide Steindämme wieder aufgerichtet sind. Wenn ich wollte, säße ich auch im Gemeinderat. Es sind aber dort der Camenzinde schon genug.

Nun hat sich mir neuestens eine andere Aussicht eröffnet. Der Gastwirt Nydegger, in dessen Stube mein Vater und ich so manchen Liter Veltliner, Walliser oder Waadtländer getrunken haben, fängt an, steil bergab zu gehen und hat keine Freude mehr an seinem Geschäft. Er klagte mir dieser Tage sein Elend. Das schlimmste dabei ist, daß, wenn kein Einheimischer sich dazu findet, eine auswärtige Brauerei das Anwesen kauft, und dann ist es verdorben, und wir haben in Nimikon keinen behaglichen Wirtstisch mehr. Es wird irgendein fremder Pächter hineingesetzt werden, der natürlich lieber Bier als Wein verzapft und unter welchem der gute Nydeggersche Keller verpfuscht und vergiftet wird. Seit ich das weiß, läßt es mir keine Ruhe; in Basel liegt mir noch ein wenig Geld auf der Bank, und der alte Nydegger fände an mir nicht den schlechtesten Nachfolger. Der Haken dran ist nur, daß ich zu Vaters Lebzeiten nicht mehr Gastwirt werden möchte. Denn einmal könnte ich den alten Mann dann nimmer vom Spunden fernhalten, und außerdem würde er seinen Triumph darüber haben, daß ich mit allem Latein und Studieren es zum Nimikoner Weinwirt und nicht weiter gebracht habe. Das geht nicht an, und so beginne ich auf das Ableben des Alten allmählich ein wenig zu warten, nicht mit Ungeduld, sondern nur der guten Sache zulieb.

Onkel Konrad ist seit kurzem wieder in einen aufgeregten Tatendurst hineingeraten, nach langen still verdöselten Jahren, und das gefällt mir nicht. Er hat beständig den Zeigefinger im Mund und eine Denkrunzel auf der Stirn, tut hastige kleine Schritte in seiner Stube herum und schaut bei hellem Wetter viel übers Wasser. »Ich mein alleweil, er will wieder Schiffli bauen«, sagte seine alte Cenzine, und er sieht wirklich so lebendig und kühn aus wie seit Jahren nicht und hat so einen schlauen, überlegenen Zug im Gesicht, als wisse er jetzt genau, wie er es diesmal anfangen müsse. Ich glaube aber, es ist nichts damit, und es ist nur seine müdgewordene Seele, welche jetzt nach Flügeln verlangt, um bald daheim zu sein. Mußt Segel nehmen, alter Onkel! Wenn es aber so weit mit ihm sein wird, dann sollen die Herren Nimikoner etwas Unerhörtes erleben. Denn ich habe bei mir beschlossen, an seinem Grabe hinter dem Pater her einige Worte zu reden, was hierorts noch nie passiert ist. Ich werde des Oheims als eines Seligen und Lieblings Gottes gedenken, und diesem erbaulichen Teil wird eine mäßige Handvoll Salz und Pfeffer für die geliebten Leidtragenden folgen, die sie mir nicht so bald vergessen und verzeihen sollen. Hoffentlich erlebt es auch mein Vater noch.

Und in der Lade liegen die Anfänge meiner großen Dichtung. »Mein Lebenswerk«, könnte ich sagen. Es klingt aber zu pathetisch, und ich sage es lieber nicht, denn ich muß bekennen, daß Fortgang und Vollendung desselben auf schwachen Beinen stehen. Vielleicht kommt noch einmal die Zeit, daß ich von neuem beginne, fortfahre und vollende; dann hat meine Jugendsehnsucht recht gehabt, und ich bin doch ein Dichter gewesen.

Das wäre mir soviel oder mehr als der Gemeinderat und als die Steindämme wert. Das Vergangene und doch Unverlorene meines Lebens aber, samt allen den lieben Menschenbildern, von der schlanken Rösi Girtanner bis auf den armen Boppi, wöge es mir nicht auf.

Nachwort

»Im Anfang war der Mythus«

Über Jahrzehnte hinweg habe ich mit vielen Lesern Hermann Hesses gesprochen, wie sie zu der Lektüre seiner Werke gekommen sind. Jeder hatte seine Geschichte, und es handelte sich zumeist um eine Geschichte einer inneren Aufregung, vielleicht eines Erwachens, und so war es auch bei mir:

Ich kam nach zehn Jahren Schulzeit und drei Jahren Kriegsdienst bei der Marine 1946 21jährig zurück in meine zerstörte Heimatstadt Ulm. Da stand kein Stein mehr auf dem anderen, auch im Inneren der Menschen nicht. Wie sollte es weitergehen?

Damals erhielt ich eines Tages von einem alten Lehrer meines Gymnasiums ein Buch, in blaues Leinen gebunden. Ich kannte weder den Autor, noch konnte ich mit dem Titel des Buches etwas anfangen: Hermann Hesse, »Siddhartha«. Ich begann zu lesen – und ich las und las. Ich spürte sofort, hier war eine Lebensrichtung vorgezeichnet. Während der Schuljahre hatten wir zu lernen: »Gelobt sei, was hart macht.« – »Flink wie Windhunde, zäh wie Leder, hart wie Krupp-Stahl.« Und vor allem: »Führer, befiehl, wir folgen.« In »Siddhartha« aber war die Botschaft diametral entgegengesetzt: »Weich ist stärker als hart, Liebe stärker als Gewalt«, vor allem aber: »Folge niemand, sei Du selbst!«

Hesse wurde zu meinem Autor. Ich las seine Bücher mit naivem Erstaunen und naiver Freude zugleich. In der Schule hatte ich gelernt, ein guter Autor sei ein ›psychopompos‹, ich wußte nicht, was dies ist. Erst jetzt ging es mir auf: ein Seelenführer. Ich las die Bücher von Hesse zunächst ziemlich wahllos, später studierte ich seine Werke von Anfang an bis hin zum »Glasperlenspiel«.

Von Anfang an – das waren vier Bücher: »Romantische Lieder«, »Eine Stunde hinter Mitternacht«, »Hermann Lauscher« und »Peter Camenzind«. Die »Romantischen Lieder« waren eben romantisch. Das ›Genie des Herzens‹, das Gefühl, waltet vor. Rilke rezensierte die neun Prosastudien »Eine Stunde hinter Mitternacht«: »Es verlohnt sich wohl, von einem Buche zu reden, welches fürchtig ist und fromm, von einer dunklen bebenden Stimme, denn die Kunst ist nicht ferne von diesem Buch. Der Anfang der Kunst ist Frömmigkeit.« Dann »Hinterlassene Schriften und Gedichte von Hermann Lauscher, herausgegeben von Hermann Hesse«: Diese Studien beschreiben die Kindheit in Calw und in Tübingen. Nun zerbricht die romantische heimatliche Welt, und man spürt, wie der Autor versucht, sich ein Stück Welt und Wirklichkeit zu erobern.

»Peter Camenzind« entstand 1901 bis 1903 in Basel. Paul Ilg, ein Thurgauer Schriftsteller, machte den S. Fischer Verlag auf den »Baseler Literaten Hesse« aufmerksam. Samuel Fischers Lektor Moritz Heimann las den »Lauscher«, und eine Verlegergeschichte begann. Fischer schrieb an Hesse: »Sehr geehrter Herr, wir haben mit großem Vergnügen die hinterlassenen Gedichte und Schriften von Hermann Lauscher gelesen. Es steht viel Schönes auf diesen wenigen Seiten, und eine nicht gemeine Hoffnung knüpft sich daran. Es würde uns freuen, wenn Sie uns neuere Arbeiten von Ihnen mitteilen wollten.«

»Es war die erste literarische Anerkennung und Ermunterung in meinem Leben«, schrieb Hesse später. »Ich hatte damals den ›Camenzind‹ begonnen, und Fischers Einladung spornte mich sehr an. Ich schrieb ihn fertig, er wurde sofort angenommen. Ich war arriviert.«

Hugo Ball, der erste Hesse-Biograph, bemerkte zu diesem Vorgang, und es ist eine Äußerung, die zu den schönsten Beschreibungen der verlegerischen Aufgabe gehört: »Nun, nicht nur arriviert. Hesse stand jetzt dort, wo er hingehörte: auf dem Forum weithin vernehmbar. Und diese Verbindung war noch in einem anderen Sinne bedeutsam. Auch während der schlimmsten Jahre verstand es Fischer, eine Art von gesellschaftlicher und geistiger Elite aufrechtzuhalten, einen Zirkel, der dem Werke, noch ehe es geschrieben ist, eine Realität und gesellige Signatur verleiht. Dieser feste Wille des Verlegers, dieses starke Bewußtsein einer Führung und Würde war es vielleicht gerade, was für Hesse zur Bedingung eines stetigen Sicherschließens wurde. Es ist sehr möglich, daß nur dieser Verlag dem Dichter jenes Gefühl von Sinn in seinem Tun und jenen Zustrom von Erwartung bieten konnte, ohne die Hesses Werk, wie wir es kennen, vielleicht nicht vorhanden wäre.«

1904 war der Roman bei S. Fischer erschienen. Hauptfigur ist der Dichter Peter Camenzind; dessen Erlebnisse von Freundschaft und Liebe, dessen dichterische Ideale und deren erste Verwirklichung bilden den Inhalt des Buches. In der besonderen Struktur dieser Erzählung und in der Weise, wie Camenzind seinen Dichterberuf ergreift, wird das damalige Dichtertum Hesses für uns offenbar. Die ersten Worte des Romans: »Im Anfang war der Mythus.« Und in der ganzen Prosadichtung versucht der Schriftsteller Camenzind »der stummen Natur Ausdruck zu gewähren«.

Es ist erstaunlich, wie reif diese Sprache ist, ausgewogen. Camenzind betrachtet sein Ich als Subjekt und Objekt zugleich. Er deutet diese Erzählhaltung selbst einmal an: »Das alles hoffte ich nicht in Hymnen und hohen Liedern, sondern schlicht und wahrhaftig und gegenständlich darzustellen. Ernsthaft und scherzhaft wie ein heimgekehrter Reisender seinen Kameraden von draußen erzählt.«

Hesse meinte später, daß der »Camenzind« ein »das Gesunde, Natürliche und Naive schon beinahe überbetonender Schritt« gewesen wäre. Dieses Schlichte, Wahrhafte und Gegenständliche zeigt sich auch im Aufbau der Erzählung. Jedes der acht Kapitel schließt ein Thema in sich, das oft programmatisch schon in den einleitenden Sätzen niedergelegt ist. In den Eingangssätzen des ersten Kapitels wird der nach Ausdruck ringende Gott beschworen. Er zeigt sich Camenzind in den vielfältigen Formen der Natur. Diese Natur erzeugt »Ehrfurcht und Scheu« in ihm. Hatte Lauscher schon im bloßen Naturerlebnis seine ästhetische Anschauung gegründet, so erkennt Camenzind im Wortwerdenlassen der Natur seinen »wahren Beruf«: »Dann ergriff mich oft ein ängstlich süßes, starkes Gefühl, als sehnten sich Sterne, Berge und Seen nach Einem, der ihre Schönheit und das Leiden ihres stummen Daseins verstünde und ausspräche, und als wäre ich dieser Eine und als wäre dies mein wahrer Beruf, der stummen Natur in Dichtungen Ausdruck zu gewähren.«

Felsberge, Bäume, Wolken, Meer sind die Symbolträger der Natur in dieser Prosaerzählung. Walther Rathenau hat den Text am besten erkannt; er schrieb in seiner ersten und einzigen Buchbesprechung: »Ein junger Mensch aus uraltem Bauernblut wächst bäuerlich auf, wird in Bildung getaucht, die ihn benetzt, nicht lockert. Er hat ein paar Lieben und Freundschaften daheim und in der Fremde, stets ohne Glück und Stern; sein Gewinn ist der heilige Franziskus von Assisi, der ihn Liebe zu aller Kreatur lehrt. So kehrt er heim und wurzelt fest als das, was seine Väter und er zuvor gewesen. Das ist einfach – und vielleicht wenig. Herrlich aber ist diese große treue Liebe des Schreibers zu aller Kreatur des Himmels und der Erde! Wenn er Sonne und Wolken, Berg und See, Bäume und Kräuter und lebendiges Wesen schildert und preist, so klingt durch seine Worte der Ton der Wahrhaftigkeit, der Gefühle und Gedanken – auch bekanntere und geläufige – erneuert und adelt.«

In dieser zuständlichen Natur erkennt der Dichter Gleichnisse für das Menschliche; so sind ihm die Wolken »das ewige Sinnbild« der »Seelen der Menschen zwischen Zeit und Ewigkeit«. Und bleibende Sinnbilder, nicht vergängliche Abbilder will auch der Dichter schaffen. Die Natur ist aber dergestalt für Hesse nicht nur Sinnbild, sondern auch Inbild seines eigenen Wesens, indem er sich ihr anverwandelt. Hier hat Hesse jene erste Stufe seines Dichtertums erreicht, die er selbst in seinem autobiographischen Fragment »Kindheit des Zauberers« so bestimmt, daß er damals Dinge »allmählich der Außenwelt entzog« und in sich selber einsog.

Die Ehrfurcht vor den Naturmächten ist es, die Camenzind dazu aufruft, die Naturformen zu beseelen und in Naturmythen zu verwandeln. Dies der Grund, aus dem heraus Camenzind die Worte »Im Anfang war der Mythus« an den Beginn seiner Aufzeichnungen stellt, und zu diesem Ursprung kehrt er zurück. Seine Rückkehr zu dem Ort Nimikon ist ein Wiederanknüpfen an die Stätte, wo er als Kind den Hauch des Göttlichen auf der Stirn fühlte, an den »Mythus«, wie er »im Anfang war«.

Heben wir etwas ganz Charakteristisches hervor: Peter Camenzinds Unzufriedenheit und Sehnsucht richten sich nicht auf seine Zeit, auf politische Verhältnisse, sondern vor allem auf die eigene Person und auf die Gesellschaft, an der er auf jugendliche Weise Kritik übt. Camenzind möchte nicht selbstzufrieden und satt sein. Er möchte nicht, wie seine Umwelt, glatt und normiert sein, sondern freier, schöner leben als in ihr üblich. In einem Rückblick meint Hesse, daß das Buch durchaus ein Kind seiner Zeit, der Zeit um 1900, der Zeit der Wandervögel und Jugendbewegungen sei, aber – und darauf legt er Wert – es hebe sich von aller Wandervögel- und Jugendgemeinschaft grundsätzlich ab: Camenzinds »Ziel ist es nicht, Bruder in einem Bunde« zu werden. »Sondern statt Gemeinschaft, Kameraderie und Einordnung sucht er das Gegenteil, er will nicht den Weg vieler, sondern eigensinnig nur seinen eigenen Weg gehen, er will nicht mitlaufen und sich anpassen, sondern in seiner eigenen Seele Natur und Welt spiegeln und in neuen Bildern erleben. Er ist nicht für das Leben im Kollektiv geschaffen, er ist ein einsamer König in einem von ihm selbst geschaffenen Traumreich.«

Ich meine, wir haben den Anfang jenes Fadens gefunden, der dann später im »Siddhartha« so deutlich wurde, denn so sollte es in Hesses Werk bleiben: sein »brennendes Problem waren nie Staat, Gesellschaft, Partei oder Kirche, sondern der einzelne Mensch, die Persönlichkeit, das einmalige, nicht normierte Individuum«.

Noch im Erscheinungsjahr erhielt Hesse den Wiener Bauernfeld-Preis. 1909 erschien bereits das fünfzigste Tausend. Das

Buch errang auch einen großen inneren Erfolg bei den Lesern. Bertolt Brecht notierte 1920: »Habe den ›Camenzind‹ fern in Erinnerung als etwas Kühles, mit Herbstbuntheit und Herbheit gefülltes Papier.« Oskar Loerke, 1906: »Ein sehr gutes Buch, ich glaube, es gehört zu denen, die lange und verstohlen mitklingen.«

Loerke hatte recht. »Peter Camenzind« ist für alle Hesse-Leser ein großartiger Wurf. Doch zudem auch – das sehen wir jetzt – ein großartiger Anfang, an den sich die nächsten Bücher »Unterm Rad« und »Gertrud« sinnvoll anschließen.

Hesse geht seinen eigenen Weg.

Siegfried Unseld